柑橘ゆすら
イラスト 青乃下
キャラクター原案 長月郁
2
学園
最下生
～貧困街《スラム》上がりの最強魔法師、貴族だらけの学園で無双する～
JN030744

サッジ
アルスをアニキと慕う、
魔法師ギルド《ネームレス》のメンバー。
大雑把な性格だが、
実は二つ星《ダブル》の貴族。
アルス・ウィルザード
王立魔法学園、唯一の庶民にして最強の魔法師。
魔法師ギルド《ネームレス》の暗殺者でもある。

マリアナ
若き日のアルスに魔法の稽古をつけた
ギルドのお姉さん的存在。
ルウ
レナの幼馴染の一つ星《シングル》の貴族。
レナに先んじてアルスに
魔力移しの儀式を受けた。
レナ
生真面目な性格の一つ星《シングル》の貴族。
アルスの実力を認めて
稽古をつけてもらい始めた。

周囲の安全を確認した俺は、
目の前の木に向かってチョコンと
指を弾いてやることにした。
メギンッ！

ズガガガガガガガガ
ガガガガガガガガガガガッ！
俺が指を弾いた次の瞬間。
大地が轟くような音が天に響く。
根本の方から真二つに折れた大木は、
天高くに向かって放り出された。
「とまあ、鍛え方次第で、
誰でもこれくらいのことは
できるようになるぞ」

花嫁大橋《ブライダル・ブリッジ》。
王都最大の巨大運河に飛び込めば、
落下の衝撃を最小限に留めてやる
ことができるだろう。
「アルスくん……!
ここは……!」

早くもルウは俺の狙いに
気付いたようだ。
いくら水の上とはいっても、
この高さから落ちれば、
相当な衝撃を受ける
ことになるだろう。
危険を察知したルウは、
俺の体を強く抱き締める。
俺たちの体は水深のある
運河に向かって、
落ちていく。

CONTENTS

THE IRREGULAR OF
THE ROYAL
ACADEMY OF MAGIC

ダッシュエックス文庫

王立魔法学園の最下生2

～貧困街《スラム》上がりの最強魔法師、貴族だらけの学園で無双する～

柑橘ゆすら

―一話、― 新しい日常

俺こと、アルス・ウィルザードが王立魔法学園に通い始めてから、およそ一カ月の時間が流れた。

学園に通い始めてからというもの、俺は慌ただしい日常を過ごしている。

「ひぃっ！　来るな！　来ないでくれえええ！」

時間や、場所は問わない。

煙と血の臭《にお》いで汚れた空間が、俺の仕事場だ。

感情を無にした俺は、銃のトリガーを引き、護衛の魔法師の体に弾丸を打ち込み続ける。

「な、なんなんだよ！　コイツ！」

「どうして攻撃が当たらないんだ！」

今日の仕事は、武器商人のアジトの襲撃である。

トルネオ・サリバン。

法律で許可されていない武器を暗黒都市に横流しする重罪人だ。

違法な武器が街に広がれば、治安は悪化して、それだけ多くの罪なき人間の命が失われることになる。

彼らは『死の商人』と呼ばれ、この国では、殺人より重い罪を科されることになるのだ。

「そ、そうか……。お前、死運鳥《ナイトホーク》だな。伝説と呼ばれた王室御用達《ロイヤルワレント》の暗殺者《アサシン》！」

俺の名前を呼んだターゲットの男は、武器を捨てて大きく尻餅《しりもち》をつく。

「お、お願いだ！　命だけは助けてくれ！」

護衛の男たちを蹴散《けち》らされて、戦意を失ったのだろうか。

両膝をついたトルネオは、命乞《いのちご》いを始めたようであった。

「故郷には女房と娘を残している！　来週には娘の結婚式に出る予定になっているんだ！　オレは、ここで死ぬわけにはいかねえんだよ！　頼む。オレを殺すのなら、せめて一週間……」

「そうか」

短く呟《つぶや》いた俺は、躊躇《ちゅうちょ》なく男の頭に銃弾を撃ちつける。

ターゲットに対して、不要の情けをかけるのは、禁忌《タブー》中の禁忌《タブー》だ。

俺はこの十年の間に『禁忌《タブー》を犯して死んでいった人間』を数えきれないくらい見てきたのである。


「あぎゃっ！」


頭を撃ち抜かれた男は、カエルが潰れた時のような断末魔《だんまつま》の叫びを上げる。

シュルシュルシュルシュル。

その時、勢い良く反り返った男の服の袖《そで》から、隠されていた暗器が滑り出してきた。

ふむ。

やはり武器を隠していたのか。

流石《さすが》は武器商人。

変わった形状の武器を持っていたのだな。

武器を持っていることを微塵《みじん》も感じさせなかったこの男――来世は役者にでもなった方が、良い人生を送ることができるのではないだろうか。

「ぬおおおおお！　猪突猛進《ちょとつもうしん》！」

ターゲットを仕留めてから暫《しばら》くすると、馴染《なじ》みのある声が聞こえてきた。

「うおっ！　もう終わっていたんスね！　流石はアニキ！　仕事が早いッス！」

分厚い石壁を突き破り、俺の前に現れたのはトサカ頭をした強面《こわもて》の男である。

男の名前はサッジと言う。

俺と同じ裏の世界に生きる魔法師であり、魔法師ギルド《ネームレス》に所属する後輩である。

何かにつけて力任せの仕事振りを見せることから、組織から猛牛《バッファロー》の通り名を与えられた男であった。

「そっちの様子はどうだった？」

「へいっ！　アニキに言われたところを探していたら、例の顧客《こきゃく》リストを発見しました！　これで一網打尽《いちもうだじん》にできますね！」

そう言ってサッジが取り出したのは、トルネオの書斎に隠されていた一枚の紙切れであった。

「どれ。少し見せてみろ」

「へいっ！　ただいまっ！」

サッジから受け取った紙にザッと目を通す。

うーむ。

思っていた以上に小者ばかりだな。このリスト。

本音を言うと、《逆さの王冠《リバース・クラウン》》のような大組織に繋《つな》がる情報を得られればと思っていたのだが、そう上手《うま》くはいかないか。

完全にアテが外れたようである。

「この程度の相手ならアニキの出る幕はないッスね。騎士団の連中に通報して、対処してもらいましょう！」

今回ばかりは、サッジの意見に同感である。

この程度の小悪党が相手であれば、俺たち《ネームレス》が出向くまでもないだろう。

「……いや。待てよ」

その時、俺の脳裏《のうり》には、一つのアイデアが閃《ひらめ》いた。

「なあ。サッジ。ここに書かれている連中、俺一人で捕まえに行っても良いか？」

「えっ？　ど、どうしてッスか!?　こんな雑魚《ざこ》相手にアニキが行くのは、勿体《もったい》ないッスよ！」

サッジの言葉には一理ある。

少数精鋭の色が強い《ネームレス》は、常に人的リソースが限られているのだ。脅威《きょうい》レベルの低い犯罪者を相手にする場合は、親父《おやじ》を通して、王都の騎士団に任せるのが一つのパターンとなっていた。

「なんてことはない。学園の教材として使えると思ってな」

「？・？・？・」

ウチの学園の進級システムを知らない人間にとっては、ピンとこないだろう。

俺の言葉を聞いたサッジは、小首を傾《かし》げるのであった。

2話　SP《スクールポイント》発表会

でだ。

俺がサッジから犯罪者リストを受け取ってから、暫くの時が過ぎた。

連休を貰《もら》ったこともあって、俺はリストに載っていた犯罪者の大半を捕まえることに成功していた。

「なあ。連休中に出ていた宿題、終わったか？　一生のお願いだ！　ノートを写させてくれ！」

「バカを言うな。自分でやれよ！」

教室の扉を開くと、ガヤガヤと活気のある元気な声が聞こえてくる。

ふう。

相変わらずに騒がしい場所だな。学園というのは。

今日は祝日を挟んだ三連休が明けての、久しぶりの学園だった。

「あっ。アルスくん。久しぶり」

最初に俺に声をかけてきたのは、青髪のショートカットが特徴的なルウという女であった。

おっとりとした柔らかい雰囲気《ふんいき》に騙《だま》されてはならない。

暫く接して分かったのだが、このルウという女は、なかなかに腹黒い面があり、気の抜けないところがあった。

「アルスくん！　今まで何処《どこ》に行っていたのですか！」

続いて俺に声をかけてきたのは、赤髪のお団子&ツインテールが特徴的なレナという女であった。

こっちのレナは、ルウと違って、直情的な行動派である。

優等生的な雰囲気を醸《かも》し出しながらも、無駄に行動力のあるレナはルウとは違った意味で厄《やっ》介《かい》な性格をしていた。

「何処と言われても、普通に家で休んでいただけなのだが……」

「見て下さい！　アルスくんから受けた課題、とっくに終わってしまったのです！」

そう言って、レナが差し出してきたのは、俺が指定した魔法関連の問題集であった。

この問題集は、休日の間でもトレーニングに励《はげ》めるように俺が課題として出していたものである。

「……本当だろうな？　見せてみろ」

「もちろんです！」

ふむ。

ザッと見たところ、本当に真面目《まじめ》に取り組んでいるようだな。

少し驚いたな。

俺が与えた課題の量は、少なく見積もっても一カ月分のつもりで出していたのだが、まさかこの数日で終わらせてくるとは想定外であった。

「というわけで、休みの日でも連絡を取れるように住所を教えてください！」

やたらと発育の良い大きな胸を張って、キラキラとした一点の曇りもない眼でレナは言う。

「……勘弁してくれ。プライベートぐらい、独りでいさせてくれよ」

ひょんなことから俺は、彼女たち二人に魔法を教えるコーチ役を引き受けることになった。学習意欲が旺盛《おうせい》なのは、結構なのだが、ヤル気があり過ぎるというのも考えものだな。二人への指導時間が増えた結果、ただでさえ忙しかった俺の生活は、益々《ますます》と慌ただしいものになっていた。

「静粛《せいしゅく》に。それでは、朝のＨＲ《ホームルーム》を始めようと思う」

そうこうしているウチに俺たち１Ｅの担任教諭であるリアラが入ってくる。

黒髪でスーツをキッチリと着こなしたリアラは、この学園では数少ない、家柄で生徒を判断しない中立主義の教師であった。

「さて。諸君らが、学園に入学してから一カ月が経つな。それでは、今から月末恒例となる成績のクラス内順位を発表しようと思う」

そう前置きをしたリアラは、クラスメイトたちの名前が書かれた大きな紙を貼りだしていく。

まずは上位十名の名前が発表されるみたいである。

1位　アルス・ウィルザード　SP《スクールポイント》　8500　等級　Cランク

頂点に書かれていたのは他でもない俺の名前であった。

等級もDランクからCランクに昇格していた。

進級に必要な等級はB以上なので、もう少しで条件を満たせそうだな。

「「「おおおおおおおおお！」」」

俺が一位を獲得《かくとく》したことが意外だったのだろうか？

教室のボルテージが一気に上がっていくのを感じた。

「嘘だろ……!?　どうして庶民《しょみん》なんかに……！」

「あの庶民。やはり只者《ただもの》ではないというわけか……」

周囲の貴族たちの視線が痛い。

高位の貴族が大半を占《し》めるクラスの中では、俺のような庶民はどうしても悪目立ちをしてしまう。

「ア、アルスくん！　一体どうやって、これほどのポイントを稼《かせ》いだのですか!?」

隣の席にいたレナが身を乗り出して尋ねてくる。

さてさて。

どうしたものか。

正直に答えると、サッジが入手した犯罪者リストに載っていた小悪党を捕まえていった結果なのだが、もちろん真実をそのまま伝えるわけにはいかない。

「まあ、休みの間にちょくちょくと、クエストをやっていた結果だな」

「えええっ……！　いつの間に……!?」

嘘は言ってないぞ。嘘は。

適当に取り繕《つくろ》った言葉で答えてやると、レナは目を丸くして驚いているようであった。

「凄《すご》いよ！　アルスくん！　この調子でいくと、学年一位も夢じゃないよ！」

「そうか。それは何よりだな」

夢も何も……。

現時点で俺が、その学年一位を獲得しているわけなのだが。

これに関しては余計な騒ぎになるだけなので、秘密にしておいた方が良さそうだな。

アルス・ウィルザード

所属　　1E
保有ＳＰ　8500ポイント
学年順位　1／150
ランク　Ｃ

念のため、そこで学生カードを確認してみる。

個人の順位、獲得ＳＰ《スクールポイント》については、学生カードを見れば、いつでも確認することができるのだ。

「続いて十位以降の順位を発表する。以下のものは、より上位を目指して、努力をするように」

未だ熱気が冷めやらないうちに、リアラは二枚目の紙を貼りだしていた。

どれどれ。

今後の参考のため、俺以外の順位を確認してみるか。

むう。

ルウは十一位。レナは十三位か。

クラス全体の人数が三十人だということを考えると上位には違いないのだが、思っていたよりも伸び悩んでいるようである。

2位　ジブール・ランドスター　SP《スクールポイント》　4000　等級　Dランク

ところで、この二位のジブールというのは、誰だろうか。

以前に受けた月例試験では、一位を取っても、1000ポイントしか付与されなかった。

つまり4000ポイントというのは、それなりに難易度のクエストを達成しないと獲得できない計算だった。

「やれやれ。このボクがまさか庶民に後れを取るとはね」

ふむ。

ジブールというのは、この金髪ロングヘアーの男のことか。

わざわざ席を立って自己紹介をしてくれるとは、予想外であった。

「まあ、いいさ。次の発表では、必ずこのボク、ジブール・ランドスターがトップを奪ってみせる！」

前髪を掻《か》き分けたジブールは、俺と目を合わせて、高らかに宣言をする。

なんだか、妙に意識されているようだな。

勘弁してくれ。

俺がＳＰ《スクールポイント》を集めているのは、授業の免除、その他の権利を得るためであって、学生同士の競争に付き合うつもりはないのだ。

「流石《さすが》はジブールさん！　次元が違《ちげ》え！」

「あんな庶民！　とっとと抜いちまって下さいよ！」

ジブールの一位宣言を聞いた取り巻きの貴族たちは、鼻息を荒くしているようであった。

ふうむ。

俺の目からすると、このジブールとかいう男、たいしたことがないように見えるのだけどな。

現時点での実力でいうとレナ&ルウの方が遥《はる》かに上回っているように思える。

大量のＳＰ《スクールポイント》を獲得したということは、何か秘密があるのだろうか？

朝のＨＲ《ホームルーム》を通じて俺は、そんな疑問を抱くのであった。


～～～～～～～～～～～～～～～～

授業が終わり、放課後になった。

「さあ！　特訓を始めましょう！」


俺たちが向かった先は、学園地下にあるＤランク訓練場という施設であった。

Ｄランク訓練場とは、その名の通り、成績がＤランク以上の生徒にのみ開放される魔法の訓練施設である。

放課後の空いた時間を利用して、レナとルウの魔法のコーチを引き受けるのが、最近の日課となっていた。

「わあ！　また私たちの貸し切り⁉」

「ふふふ。これも全てアルスくんのおかげというわけですね」


現在のレナ&ルウの成績はEランク。

本来であれば、入場を許可されていない立場にあるのだが、ここには一つだけ抜け道があった。

Dランク以上の代表者が申請すれば、その付き添いとしてEランクの生徒三人までの同行が許可されているのだ。

この制度のおかげで、俺たちはそれなりに快適な訓練環境を手に入れたというわけである。

「それにしても、こう連日、貸し切り状態だと逆に不安になってきますね……」

「仕方がないよ。現時点でDランクに到達している人って、凄《すご》く少ないみたいだし」

「上位陣ほどクエストに夢中で訓練どころではないという話は聞きますね」


なるほど。

やけに人がいないのには、そういう事情があったのか。

その時、俺の脳裏《のうり》を過《よぎ》ったのは、朝のＨＲ《ホームルーム》で高らかに一位の獲得を宣言したジブールの姿であった。

生徒たちの競争を煽《あお》ることは悪いことではないのだが、訓練よりも目先のＳＰ《スクールポイント》稼《かせ》ぎに力を入れる生徒が出てしまうのは本末転倒な気がするな。

さて。

そうこうしているうちに準備を整えて、放課後の訓練が始まった。


「氷結矢《アイスアロー》」


最初に魔法を使用したのは、ルウであった。

ルウの放った魔法は、綺麗《きれい》な直線の軌道を描いて的《まと》の中心に命中する。

Ｄランク訓練場に設置された『試験石』を利用して、魔法の威力を測るのが俺たちにとってのルーチンとなっていた。


「やったよ！　最高記録更新！」

浮かび上がったスコアは、『138』か。

前回の月例試験の時は、ギリギリ三桁《けた》に届くのがやっとという数値だったので、順調にスコアを伸ばしているようだ。

「火炎玉《ファイアボール》！」

続いて魔法を放ったのは、レナであった。

レナの放った魔法は、跳ねるような勢いで的の中心に命中した。

「やりました！　ワタシも三桁に突入です！」

浮かび上がったスコアは、『101』だった。

月例試験の時は、二人の間には三倍以上の差があったが、ここ最近のレナの追い上げには目を見張るものがある。

この調子で訓練を続けていけば、スコアが横並びになる日も近いのかもしれない。

「さあ。アルスくん！　100点を突破したんだから、約束は守ってもらいますからね！」

「ん？　何か約束をしていたか？」

「…………」

俺の思い過ごしだろうか。

素直に思ったことを尋ねてみると、レナは不満を露わにしているようであった。

「ほら！　前に言いましたよね！　100点を越えるようになったら、キャンディは卒業して頂けると！」

「あ～」

そう言えば、そんな約束をしていたような気がするな。

現在、レナとルウは体内の潜在魔力量を底上げする『魔力移し』のトレーニングの最中なのだ。

本来このトレーニングは、口移しで魔力を与えるものなのだが、魔力入りのキャンディを使用することでも代用が可能だった。

「それでは、お願いします！　今日のために覚悟はしてきましたから！」

この女、どれだけキスに飢えていたのだよ。

両眼を閉じて、爪先立《つまさきだ》ちの状態になったレナは、いかにも準備万端といった感じであった。

なんとなく面倒になったので、ポケットの中から取り出した魔力入りのキャンディを口の中に突っ込んでおく。

「ふぁっ！　甘い⁉」

気のせいかな。

たしか以前にも似たような、やり取りをした気がするぞ。

「むう……。どうしてワタシとルウでトレーニングのメニューが違うのですか。不公平です！」

「さあ。どうしてだろうな」

自分でも上手《うま》く言語化できないが、強《し》いて言うなら『気乗りがしなかった』からだろうか。

現時点ではキャンディでも十分に代用できるので特に問題はないだろう。

「それでは、魔力移しに関しては置いておいて、次の課題に移るとしようか」

このままでは埒《らち》が明かないので早々に話題を切り替える。

同じようなトレーニングを繰り返しても、飽きが生じて、集中力が散漫になりやすいからな。

タイミング的にも、そろそろ次のステップに移るべき時だろう。

「「……次の課題？」」

「これからお前たちに覚えてもらうのは付与魔法だ。念のため聞いておくが、付与魔法は知っているな？」

「バカにしないで下さい！　流石《さすが》にそれくらい知っています！」

付与魔法とは、物体に魔力を流すことによって、様々な性質を施《ほどこ》すことを可能にする魔法である。

剣の切れ味を上げる、盾の強度を上げる、といったものが代表例として挙げられる。

やや変則的な例を挙げると、銃弾の速度を上げる、落とす、などバリエーションは様々だ。

「付与魔法は、魔法の中でも初歩の初歩です！　魔法師を目指す人間が、最初に覚える魔法ですから！　当然、マスターしています！」

メガネの位置をクイッと上げながらレナは告げる。

なるほど。

マスターしているとは、大きく出たものだな。

こういうのは、口で説明するよりも実際に試してみる方が早いだろう。

そう考えた俺は鞄《かばん》の中からノートを取り出して、千切《ちぎ》ってやることにした。

「レナ。お前、たしか剣を持っていたよな？」

「はい。五歳の頃から使っているワタシの相棒です」

そう言ってレナが取り出したのは、ピカピカに磨《みが》かれた細剣《レイピア》であった。

レナにとっても思い入れの深い武器なのだろう。

遠目に見てもその剣は、よく手入れされていることが分かった。


「付与魔法を使えるなら、この紙を切ることができるか？」

「無論です。魔力で強化すれば、分厚い本だって両断できますよ！」

「さて。それはどうだろうな」


たしかに対等な条件であれば、紙を切るなど造作《ぞうさ》もないことだろう。

だが、魔法の実力差があれば、その前提はいとも容易《たやす》く覆《くつがえ》ることになるのだ。


「また、そうやってワタシたちをバカにして……！」

「ものは試しだ。大口を叩く暇があったら、まず体を動かしてみたらどうなんだ」


適当に煽《あお》ってやると、分かりやすくムキになったレナが投げやりに剣を振り下ろしてくる。

「ど、どうなっても知りませんからね！」


次の瞬間、キンッ！　と、金属音が鳴り響く。

ふむ。思っていたよりも随分《ずいぶん》と軽いな。

やはりレナの実力は、発展途上なのだろう。

これは鍛えがいがありそうだな。


「ウソ……!?　どうして……!?」


レナの眼からすれば、信じられない光景に映っていたのだろう。

何故ならば――。

レナの振り下ろした剣は、俺の紙切れに防がれるばかりか、刃毀《はこぼ》れを起こしていたからである。


「この通り。付与魔法を扱えば、紙切れ一枚でも防ぐことができる。もっとも、よほどの実力差がない限りケガをするので、オススメはできないけどな」

初心者に付与魔法を勧める理由は、何よりケガのリスクが低いという点が挙げられる。

他に習得しやすい魔法として《身体強化魔法》が挙げられるが、こちらは一歩間違えれば大事故に繋《つな》がることがあるからな。

自分の体で試すよりは、まずは物で試すべき、というのは、表の世界でも裏の世界でも共通する認識である。


「さて。お前たちに与える次の課題だが――」


説明しつつ、俺は手にした紙切れを投げつける。

ガゴンッ！

俺の投げた紙切れは、大きな音を立てて、十メートルほど離れた的《まと》の中心に、突き刺さることになる。


「ここから紙を投げて、あの的に当てればクリアーだ。初めての訓練だからな。まあ、これくらいのハードルでいいだろう」

「「………」」

んん？　これは一体どういうことだろうか。

俺の動きを目にした二人は、唖然《あぜん》として、押し黙っているようであった。

「すまん。いくらなんでも簡単過ぎたか。なら条件を変えるぞ。もっと距離をとって、向こうの的に――」

「「ムリムリムリ!!」」

「無理ですよ！」「無理だから！」

何故だろう。

俺の言葉を聞いた二人は口を揃えて、拒絶するのだった。

～～～～～～～～～～～～

それから。

何はともあれ、俺たちの付与魔法の訓練は始まった。

「てい！」「やあ！」「とりゃ！」

俺のアドバイスを受けたレナとルウは、それぞれ思い思いの方法で紙切れを的に向かって投げ続ける。

だがしかし。

二人が投げた紙切れは、五メートルも飛ばないうちに落下することになった。

「もっと魔力の密度を高めていかないと飛距離は伸びないぞ。物質の構造を理解して、最適なポイントに魔力を流すんだ」

やれやれ。

この感じだと課題の達成までには、暫《しばら》く時間がかかりそうだな。

「も、もうダメ……。限界です……」

「私も……。これ……思っていたより、だいぶ辛《つら》い……」


訓練を始めてから三時間くらいが経過しただろうか。

慣れない付与魔法を使い続けた結果なのだろう。

単なる魔力切れとは、少し違う。

集中力を切らした二人は、完全に疲弊《ひへい》しているようであった。

さてさて。

どうしたものか。

ここで彼女たちを見放すことは簡単であるが、それも少し勿体《もったい》ないな。

なんでも王立魔法学園では、これから先、パーティーを組んで試験を受ける機会が増えてくるらしいのだ。

長い目で見ると二人を鍛えた方が、俺にとっても利益《りえき》になる場面も出てくるだろう。


「ねえ。アルスくん。何か、修業のモチベーションを保つコツってあるのかな？　こう地味な作業が連続すると、精神的にキツイものがあるよ……」

「コツか……。そうだな……」

考えてみれば、俺にとっては無縁の悩みであった。

裏の世界で戦いを続けてきた俺には、『強くならなければ殺される』という前提条件があったのだ。

生死にかかわる問題を抱えていない人間にとっては、単純作業の繰り返しは辛いものがあるのかもしれない。

「ふむ。それなら、先に課題をクリアーした方が、丸一日、俺から好きな指導を受けられる、という条件を付けてみるのはどうだろう？」

「好きな指導……!?」

「丸一日……!?」

俺の思い過ごしだろうか。

俺の言葉を受けた途端、二人の目の色が変わったような気がした。

「アルスくん！　それは本当なのでしょうか!?」

「好きな指導って、何を頼んでもいいの⁉」

なんだか分からないが、二人がヤル気になってくれたようで何よりである。

こうして新たな条件を追加したことにより、二人のトレーニングは、益々《ますます》と効率的に進んでいくことになるのだった。

〜〜〜〜〜〜〜〜〜〜〜〜〜〜〜〜

付与魔法の訓練を続けて、一週間が経った日のことであった。

放課後。

レナに呼び出された俺は、すっかりと人気《ひとけ》のなくなった教室を訪れていた。

夕暮れの茜《あかね》色に染まったカーテンを背にしたレナは、俺の到着を今か今かと待ち侘《わ》びていた。

「遅いです……。約束の時間は、二分ほど過ぎていますよ」

やれやれ。

まさかルウよりも早く、レナが課題を達成するとは予想外だったな。

今日呼び出された理由は他でもない。

ルウより先に課題をクリアーしたご褒美《ほうび》として、丸一日好きな指導を受けられるという権利を使うつもりでいたのだろう。

「あの、前にした約束を覚えているでしょうか？」

「ああ。覚えているぞ」

「そうですか。なら話は早いです。それでワタシからお願いしたい訓練の内容なのですけど……」

言葉にしなくても、何を要求されるのかは理解できていた。

以前の訓練の時から、レナは執拗《しつよう》に『魔力移し』を求めていたからな。

「アルスくんから貰《もら》ったキャンディ、いつも同じ味だから、食べ飽きてしまったのです。ですから――」

まったくもって、下らない。

どうして今まで俺が、レナに対する魔力移しを躊躇《ちゅうちょ》していたのか？

その理由がようやく分かった気がする。

コイツは、口付けを交わすことを人一倍『特別な意味』に感じているようだ。

だが、俺にとっては、単に鍛錬を効率よくさせる手段に過ぎないのである。


「〜〜〜〜〜〜ッ！」


レナの言葉を遮《さえぎ》るようにして、口を塞《ふさ》いでやることにした。

他人に余計な『情』をかけるのは、戦場では決して許されない。

だからこそ俺は、何処《どこ》の馬の骨とも分からない俺に対して、無条件の好意を寄せてくるレナに、苛立《いらだ》ちを覚えてしまったのだろう。

『ふーん。キミが噂《うわさ》のジェノスの秘蔵《ひぞ》っ子《こ》ね』

その時、俺の脳裏《のうり》に過《よぎ》ったのは、マリアナに初めて『魔力移し』された夜のことであった。

『結構タイプかも。おいで。お姉さんがたっぷりと可愛《かわい》がってあげるから』

生き残るために、強くなるために、必要な手段だった。

当時八歳だった俺は、マリアナから『玩具《おもちゃ》』のように扱われることによって、生きるために必要な糧《かて》を得ていたのだった。

「ふあっ……！　す、凄《すご》いです……！　これがアルスくんの魔力なのですね……！」

やれやれ。

人の気も知らないで呑気《のんき》なやつである。

俺の魔力を受けたレナは、ペタンと尻餅《しりもち》をついて完全に脱力しているようであった。

「――――!?」

異変が起きたのは、その直後のことであった。

俺たちのいる１Ｅの教室から三十メートルほど離れた地点に何者かの気配を感じた。

足音は徐々に俺たちの方に向かってきているようであった。


「まずい。誰かが来たみたいだ。隠れるぞ」

「えっ――!?」


第三者にこの光景を目撃されると、余計な誤解を与えることになるだろう。

そう判断した俺はレナの体を抱きかかえて、咄嗟《とっさ》に教卓の下に退避することにした。

幻惑魔法発動――《視覚誤認》。

そこで俺が使用したのは、《視覚誤認》の魔法であった。

所謂《いわゆる》『人払い』のために用いられることの多いこの魔法は、周囲の人間に錯覚《さっかく》を与えられるものである。

だが、この魔法は本来、周到な下準備を行って初めて最大限の効果を発揮するものである。

教卓の下に隠れたのは、即席で作った《視覚誤認》の効果を少しでも上げようと考えたからだ。

「まったく。つれないじゃないか。ボクはキミの将来のためを思って、親切でアドバイスをしているというのに」

やがて、聞こえてきたのは、どことなく鼻につく男の声であった。

ん？

この男の声、どこかで聞いたことがあるな。

疑問に思った俺は、教卓の下の隙間《すきま》から声の主を確認してみる。

「……私が誰といようが、私の勝手です。学園では、極力、お互いに干渉しないようにと約束をしていたはずです」

ジブールか。

それに一緒にいるのはルウのようだ。

なんだか、意外な組み合わせである。

学園ではほとんど喋《しゃべ》っている様子がなかった二人が、どうして一緒にいるのだろうか。

「おいおい。キミがボクに指図できる立場なのかい？　とにかく、付き合う友達というのは選んだほうが良い。特に『あの男』には要注意だ。キミに色目を使ってくるかもしれない」

「あの男って……。アルスくんのこと？」

「…………」

俺の思い過ごしだろうか？

ルウが俺の名前を呼んだ途端、ジブールの表情が一段と険しいものになった。

「馴《な》れ馴《な》れしく、その名前を口にするんじゃない！」

「――――ッ！」

次に視界に入った光景は、俺にとっても少し予想外のものであった。

何を思ったのかジブールは、ルウの頬《ほお》を勢い良く叩いたのである。

「いいか。キミはボクの許嫁《いいなずけ》！　つまりは、所有物なんだ！　好き勝手な真似《まね》は許さないぞ！」

辛辣《しんらつ》な言葉を吐いたジブールは、足音を大きくして教室を後にする。

許嫁？　初めて聞く情報である。

どうしてルウは、今まで俺に婚約者がいることを明かさなかったのだろうか？

二人の会話を耳にした俺は、そんな疑問を抱くのだった。

〜〜〜〜〜〜〜〜〜〜〜〜〜〜

「アルスくんが意外に思うのも当然です。初めて知った時は、ワタシも驚きましたから」

それから。

思いがけずルウの秘密を知ってしまった俺は、幼馴染《おさななじみ》のレナから色々と事情を聞いてみることにした。

「どうして二人が学園で喋らないか知っていますか？」

「さあな。全《まつた》く見当もつかん」

「何やら『学園では気安く喋りかけるな』と釘を刺しているらしいのです。あの男、一つ星《シングル》と喋るのが恥《はじ》だと思っているらしいんですよ。まったく、失礼な話です」

将来、自分の妻となる人間と喋ることを恥だと思っているのか……。

俺のような庶民《しょみん》には、とても理解のできない感性である。

「ルウはそれで納得しているのか？」

「さあ。あの子は強いから何も言いません。しかし、家庭の事情で決まったことですから。ルウだって、思うところがあるに決まっています」

貴族の世界も大変なのだな。

初めて夜の街で会った時に聞いたのだが、ルウは親からの仕送りが貰《もら》えずにアルバイトで生活費を稼《かせ》ぐ生活を送っているらしい。

俺も人のことを言えた義理ではないのだが、その辺りには複雑な家庭の事情があるのだろう。

「俺は逆方向だ。ここまでだな」

レナに付き合った結果、随分《ずいぶん》と遠回りをすることになってしまったな。
俺が貧困街《スラム》の育ちであることは、学園の人間には黙っていた方が良さそうである。

「待って下さい……」

クルリと踵《きびす》を返して立ち去ろうとすると、レナに服の袖《そで》をギュッと摑《つか》まれる。

「帰る前にもう一度だけ。魔力の補給をして欲しいのですけど……」

やれやれ。
仕方のないお姫様だな。
だが、今日は一日、好きな訓練に付き合うと約束をしたばかりなのだ。
今後のトレーニングでヤル気を出してもらうためにも今日は徹底的に付き合ってやることにしよう。

「では、こちらに来て下さい……」

レナに連れられて向かった先は、大通りから小道に外れた場所にある裏路地であった。

周囲をキョロキョロと見渡して、人気《ひとけ》がないことを確認したレナは、唇を重ねてくる。

「んっ……。アルスくん……アルスくん……」

俺の名前を繰り返したレナは、無我夢中になって唇を求めてくる。

やれやれ。

この女、すっかりと『魔力移し』にハマってしまったようだな。

はしたない女だ。

せめて何処《どこ》か屋内に入るまで待てば良いものの、よほど我慢ができなかったのだろう。

「――――ッ!?」

異変を感じたのは、俺がそんなことを考えていた直後のことであった。

見られているな。

店の外部に備え付けられた排気ダクトの隙間からだ。

この気配は明らかに人間のものではない。

だが、研《と》ぎ澄まされた殺気は、明らかに『裏の魔法師』のものだと分かった。

俺は『刺客《しかく》』を迎え撃つために、キスを続けたまま、制服のポケットの中から、隠していた銃を取り出すことにした。

付与魔法発動――《消音》。

そこで俺が使用したのは、《付与魔法》の応用系である《消音魔法》であった。

あらゆる物体から生ずる『音』を消し去ることのできる《消音魔法》は、暗殺仕事では欠かすことのできないものである。

暗闇の中で目を光らせていた『それ』に向かって、銃弾を撃ちつけてやることにした。


「ピギィッ⁉」


会心の一撃。

俺の銃弾を受けた『それ』は、甲高《かんだか》い声を上げて、地面の上に転げ落ちる。

「えっ……⁉」

異変を感じたレナは、キスを中断して振り返る。

「大きい……ネズミ……？」

ふむ。

どうやら俺たちを監視していた生物の正体は、よく肥《こ》えたネズミだったみたいだな。

だが、残念ながらコイツは、只《ただ》のネズミではない。

魔法師の手によって使役《しえき》された《使い魔》と見て、まず間違いないだろう。

裏の魔法師の中には、動物やモンスターを操って戦う《使役魔法》を得意としている人間が存在しているのだ。

一体何故？

どうして裏の魔法師が俺たちの動向を監視していたのだろうか？

今回の一件を通じて、俺はそんなことを思うのだった。

〜〜〜〜〜〜〜〜〜〜〜〜〜〜〜


一方、その頃。

時刻はアルスがレナを送り届ける一時間ほど前に遡《さかのぼ》る。

ここは、暗黒都市パラケノスの地下深くに作られた反政府組織のアジトである。

血塗られた王冠をシンボルとする《逆さの王冠《リバース・クラウン》》のメンバーたちは、地下に身を潜めて、革命の準備を整えていた。

「ほうほう。これは、これは。随分と酷《ひど》い有様ですねえ」

「…………」

アジトの研究室の中には、《逆さの王冠《リバース・クラウン》》の幹部メンバーが二人いた。

治療カプセルの中に入って、沈黙を貫いている白髪の男はジャックといった。

つい先日、アルスとの戦闘に敗れた《不死身のジャック》の異名を持つ男である。

「ふふふ。やはり貴方《あなた》。いつ見ても、興味深い体をしていますねえ」

カプセルの中に入ったジャックに語りかける男の名前はレクターと言った。

庶民の家の生まれが多い組織の中にあって、数少ない貴族の地位を持つ男であった。

彼の専門は、組織の戦力の底上げを担《にな》う投薬分野であった。

直接的な戦闘にこそ参加しないものの、組織に多大な貢献をするレクターは、変わり者として知られていた。

「貴方はとても運が良い。もしも《能力》に目覚めていなければ、とっくに死んでいましたよ」

「…………」

一般的に人間の体は、体表面の二割に火傷《やけど》を負うと重症、五割に到達すると高確率で死に至る。

だがしかし。

治療カプセルの中に入っているジャックの火傷率は、優に99パーセントを越えている。

それほどまでにアルスの魔法は強烈で、逃れようのないものだったのである。

「ぶっ……ごろって……やる……」

怒りの形相《ぎょうそう》で声高に叫ぶジャックであったが、発声器官を焼かれたことにより、何を言っているのか分からない。

治療カプセルの中で発生した泡《あわ》は、ブクブクと上に昇って消えていく。

「しかし、不思議ですねえ。貴方ともあろう方が、一体誰にやられたのです？」

レクターにとって不思議だったのは、果たして誰がジャックを瀕死《ひんし》の状態に追い込んだのか？　ということであった。

《不死身》の通り名を与えられたジャックは、組織の中でも指折りの戦闘能力の持ち主である。

いくら暗黒都市が広いとはいっても、ジャックを上回る魔法師となると数えるほどしか存在しない。

「あいず……だ……。あいずさえ……いなげ……ば……」

疑問の言葉を投げかけるレクターであったが、今の状態のジャックとはコミュニケーションを取れるはずもない。

「ふふふ。まあ、良いです。この様子だと、パーティーまでに回復は間に合いそうにないですねえ。そこで指をくわえてみているといい。貴方の仕事は、このワタシが引き継いであげますから」

暗闇の中でレクターは、独り、妖しげな笑みを零《こぼ》すのであった。

―3話― 課外授業

それから。

俺が二人に付与魔法の訓練を課してから一週間の時が流れた。

学園から歩くこと三十分余り。

俺たち1Eがやってきたのは、王都最大規模の人口密度を誇る『中央区画』というエリアであった。

整備の行き届いた道路には、ブティックや、オープンテラスのカフェが立ち並んでいる。

巨大な運河に沿って作られたこの『中央区画』は、俺たちが生活する『西北区画』とは異なる趣《おもむき》があった。

「スゲー！　これが魔導列車か！　なんて迫力なんだ！」

「コイツで本当に人間を運べるのかよ？　どうやって動いているんだ？」

クラスメイトたちの騒めきが聞こえてくる。

おそらく彼らは、地方から出てきた貴族なのだろう。

初めて魔導列車を目の当《ま》たりにした生徒たち（特に男子が多い）は、目を輝かせているようであった。

ああ。

そうそう。

今現在、俺たちが何をやっているのかというと学園の『課外授業』を受けている最中である。

本日のお題目は『学園の外に出て、魔物を討伐《とうばつ》する訓練をしよう』となっているのであった。

「静粛《せいしゅく》に。我々は遊びに来ているのではないぞ。戦いに行くのだ！」

運動着に着替えたリアラが、浮かれている一部の生徒に発破《はっぱ》をかけている。

王都の近辺に『魔物』が生息していたのは、もう随分《ずいぶん》と昔の話である。

俺が《ネームレス》に入った当初は、『魔物討伐』の依頼もそれなりに残っていたのだが、今となってはすっかりと影を潜めていた。

何故か？

それというのも、魔物という生物は、強力な力を持った個体ほど警戒心が強く、人間の生活エリアに寄り付くことを嫌うのだ。

魔物と会う機会が減ったということは、それだけこの国が栄えてきたという証拠でもあるのだろう。

「ちなみに聞いておくが、二人は魔物と戦った経験はあるか？」

「いいえ。実を言うと初めてで、少し緊張しています……」

「ううん。戦ったことはない、野生の魔物を見たことすらないよ」

ふむ。想定内の回答が返ってきたな。

魔物の生息域というのは、日に日に狭まっているのだから無理もない。

かつての魔法師の仕事は、魔物の脅威《きょうい》から人々の生活を守ることにあったらしいのだが——。なんとも皮肉な話である。

今となっては、訓練のために、わざわざ魔導列車に乗って、人間の側から魔物に会いにいく時代なのだろう。

〜〜〜〜〜〜〜〜〜〜〜〜〜〜〜〜

それから。

魔導列車に乗車してから、十分くらいが過ぎた。

どうやら、この車両は、俺たち1Eのクラスの貸し切りになっているらしいな。

俺たちの乗り込んだ第六車両には、一般の乗客はなく、1Eの生徒しかいなかった。

「じゃーん！　見て見て！　バイト代が入ったから、奮発してクッキーを買ってきたんだ！　皆で一緒に食べようよ」

俺の席は、車両後方の四人座席である。

席に着くなりルウは、鞄《かばん》の中から小包装のクッキーを取り出した。

やれやれ。

こちらも、すっかりとピクニック気分だな。

現地に到着する前からこれでは、先が思いやられるというものである。

「ルウ。ピクニック気分でいては困ります。ワタシたちはこれから、戦いに行くのですよ？」

そんなことを考えていると、隣にいたレナが偶然にも俺の思考を代弁してくれる。

「バイト先のベーカリーから、食糧を調達してきましたから。こちらでエネルギー補給を済ませておきましょう。クッキーを食べるのは、帰りの列車でも遅くはありません」

そう言ってレナが鞄の中から取り出してきたのは、ルウが出してきたクッキーより数十倍の量はあろうかというパンの詰め合わせであった。

大食いのレナが持参してきたというだけあって、尋常《じんじょう》ではない量である。

やれやれ。

二人の考え方には、大したレベルの違いはないようである。

「クソッ！　あの庶民《しょみん》、両手に花とは良い御身分だな」

「まったくだ……。我がクラスの二大美女を独占しやがって！」

呑気《のんき》に食事をとっていると、クラスの男子たちからの、嫉妬《しっと》の視線が突き刺さる。

ふうむ。

どうやら俺の知らない間にレナとルウは、このクラスの二大美女と呼ばれるようになっていたようだな。

最初は一つ星《シングル》ということで、軽く扱われていたはずなのに、都合の良い男どもである。


「見て下さい！　橋が見えてきましたよ！」


列車が走り始めて、十五分くらいが経過しただろうか。

全長５００メートルは超えようかという、大きな橋が見えてくる。


「……やけにメルヘンな橋だな」


仕事柄、王都に来る機会は少ないので、知らなかった。

中央区画に流れる大運河に建てられた巨大な橋は、必要以上に煌《きら》びやかなデザインをしていた。

「ふふふ。アルスくんは知らないのですね。花嫁大橋《ブライダル・ブリッジ》。王都の中でも有数の観光スポットですよ」

それから。

レナは花嫁大橋《ブライダル・ブリッジ》なるものの概要《がいよう》を説明してくれた。

曰《いわ》く。

ある時代に非常に仲の悪い二つの国があった。

大きな運河を挟んで、存在する二つの国には、共に将来を誓い合った男女がいたそうだ。

だが、戦争が始まってしまったため、二人は離れ離れで生活することを余儀《よぎ》なくされる。

二人の悲恋を見かねて、神様が架けたというのが、この花嫁大橋《ブライダル・ブリッジ》なのだとか。

やがて、戦争が終わり、平和になった時、二人はこの花嫁大橋《ブライダル・ブリッジ》で盛大な挙式をしたのだという。

この神話に準《なぞら》えて作られたというのが、今まさに目の前を通ろうとしている橋というわけである。

「……御伽噺《おとぎばなし》としても、随分《ずいぶん》と稚拙《ちせつ》な話だな」


戦争が終わった後に待っているのは、より深い悔恨《かいこん》、憎しみの連鎖だ。

二人が結婚して幸せに暮らしたという結末には甚《はなは》だ疑問が残る。

唐突《とうとつ》に現れた神様が問題を解決するというのも、無理がある展開だろう。

「野暮《やぼ》なことを言わないで下さい。そういうことを言うと、幸せが逃げていきますよ」

「まあまあ。アルスくんに、ロマンスを理解しろというのが、無理な話だよ」


悪かったな。

ロマンスの分からない男で。

色気より食い気と言わんばかりに、呑気にパンを齧《かじ》る女どもに指摘されるのは、なんとも釈然としない気分である。

―4話― 初めての狩り

それから。

魔導列車に乗ってから三十分後。

暫《しばら》く移動を続けていくと、景色の中に緑が増えて、空気の匂《にお》いが変わるのが分かった。

やがて見えてきたのは、今回の課外授業の目的地である《ローナス平原》である。

隣街である《交易都市セイントベル》と《王都ミズガルド》の中間点であるこの地域は、豊かな自然に囲まれた、都会の喧騒《けんそう》感とは無縁のエリアであった。

「んん〜！　空気が美味《お い》しい！」

「こうしていると、故郷の景色を思い出します」

駅の中は完全に無人となっているようだ。

魔導列車を降りた俺たちは、引率《いんそつ》のリアラの指示に従って、見晴らしの良い場所に移動する。

「さて。諸君らの中には、魔物と戦った経験のないものも多いだろう。これから軽く説明をしようと思う」

そう言って、リアラが鞄《かばん》の中から取り出したのは、大きな本であった。

「キミたちに仕留めてほしい魔物はコイツになる」

ページを捲《めく》ったリアラは、本日のターゲットとなる魔物の絵を提示する。

ふむ。

ホーンラビットか。

まあ、初心者が最初に狙うモンスターとしては妥当《だとう》なところだな。

「コイツは角兎《つのうさぎ》。またの名をホーンラビットというモンスターだ。基本的には大人しい性格で、人間に襲いかかることはない。が、もしも倒すことができた場合、一匹につき100

ＳＰ《スクールポイント》を進呈しよう」

「「「おお〜！」」」

リアラの説明を受けたクラスメイトたちのボルテージが、一気に上がっていくのが分かった。

やれやれ。

どうやらクラスの連中は、魔物の討伐《とうばつ》難度を甘く見ているようだな。

たしかにホーンラビットは、危険度の低い魔物ではあるが、初心者がポンポンと狩れるようなモンスターではない。

「最後に忠告しておく。森の奥に進んでいくと、稀《まれ》にホーンラビット以外の魔物と遭遇《そうぐう》することもあるそうだ。くれぐれも注意してほしい」

リアラの忠告も、クラスの連中に届いているのか怪しいものである。

「よっしゃ！　今日でＳＰ《スクールポイント》を大量ＧＥＴだぜ！」

「ウサギ一匹倒しただけで１００ＳＰ《スクールポイント》とは気前が良いよな〜」

鼻息を荒くした生徒たちは、競うように足取りを軽くして森の中に入っていく。

やれやれ。

現実を知った連中が愕然《がくぜん》とする光景が、容易に想像できてしまうな。

「アルスくん！　何をボーッとしているのですか⁉」

「早くしないとターゲット狩りつくされちゃうよ⁉」

コイツらも同じか。

心配しなくても、今のコイツらの実力で、ターゲットが狩りつくされるようなことは絶対にないんだけどな。

溜息を吐いた俺は、遅まきながらも二人の後に続いて、初めての課外授業をスタートさせるのだった。

〜〜〜〜〜〜〜〜〜〜〜〜〜〜

でだ。

森に入った俺は、ホーンラビット討伐の任務のために周囲の探索を行うことにした。

流石《さすが》に王都から、魔導列車で移動しただけのことはある。

森の中には、微弱ながらも数多くの魔物の気配を感じることができた。

「ルウ！　獲物がそっちに逃げましたよ！」

「了解！　任せて！」


ふむ。

どうやらレナとルウも、それぞれ狩りを開始したようだな。

早くも獲物を発見した二人は、思い思いに魔法の構築を始めているようであった。

「氷結矢《アイスアロー》！」

ルウの放った氷の矢は、十メートルほど先のホーンラビットを目掛けて飛んでいく。

だがしかし。

ルウの攻撃を嘲笑《あざわら》うかのように、ホーンラビットは余裕で回避していた。


「氷結矢《アイスアロー》！　氷結矢《アイスアロー》！」

「火炎玉《ファイアボール》！　火炎玉《ファイアボール》！」


立て続けに魔法を撃ち続ける二人であったが、何度やっても結果は同じことであった。

体長五十センチに満たない小さな体を活かして、森の中を動き回るホーンラビットを仕留めるのは至難《しなん》の業《わざ》だ。


「ダメです……。まったく当たる気がしません……」

「こっちも全然。何かコツがあるのかなぁ……」


この課題の難易度に気付いたようだな。

野生のモンスターは、人間が思っているよりも、ずっと機敏に動くことが可能なのだ。

得意の魔法をホーンラビットに避けられ続けた二人は、早くも落ち込んでいるようであった。

「あの、アルスくん……。そっちはどうなって……」

俺の様子を覗《のぞ》きに来たレナは、そこで咄嗟《とっさ》に足を止めることになる。

「えええええええっ⁉　も、もうこんなに沢山《たくさん》⁉」

沢山、といっても、まだ七匹目を仕留めたばかりなのだけどな。

俺の足元に並んだホーンラビットを前にしたレナは、目を見開いて驚いているようであった。

「凄《すご》いよ！　アルスくん！　どうやって倒したの⁉」

ふむ。

ちょうどルウも到着したようなので、タネ明かしをしておくことにしようか。

今回の授業は、二人から引き受けているコーチの仕事としても活用できるかもしれない。

「まず、質問しよう。二人は狩りの時、何を考えていた？」

「うーん。一匹でも多く倒して、ＳＰ《スクールポイント》を稼《かせ》いでやります！　でしょうか」

「ウサギさん待って！　逃げないでー！　かな」

「…………」

呑気《のんき》な奴らだ。

だが、二人の狩りがどうして成功しないのか理由がハッキリとしたな。

「その前提がまず間違っているんだよ。狩りの時に肝心《かんじん》なのは、『狩られる側の立場』になって考えることだ」

「狩られる側の……？」

「立場……？」

未だに釈然としない二人に対して、より具体的な事例を突き付けてやる。

「自分に置き換えて考えたらどうだ？　お前らだって、殺してやる！　と、考えているやつに追いかけ回されたら、どういう気分になる？」

「そ、それは困りますね……！」

「たしかに……！　逃げたくなるかも……！」

野生の生物の場合、この『殺気に対するセンサー』というのが、人間の比にならないレベルで強く発達している。

殺意を持って近づけば、警戒心を持たれることは必至である。

「今のお前たちに必要なのは、殺気を消す技術。ターゲットの立場になり、物事を考える思考力。まあ、こんなところか」

ホーンラビット程度を倒す魔法力であれば、現在の二人も十分に体得しているはずである。

「そうはいっても……」

「やっぱり難しいよ。狩られる側の気持ちなんて……」

ふむ。

どうやら二人に必要なのは、言葉より、手本となる動きを見せてやることのようだな。

ちょうどタイミング良く、近くにホーンラビットがいるようだ。

狩りの手本を見せるには、おあつらえ向きの相手である。

「今から俺がやることをよく見ていると良い。参考になると思うぞ」

そう前置きをした俺は、体外に自然放出される魔力の流れを断ち切ってやることにした。

「こ、これは……!?」

「アルスくんの雰囲気《ふんいき》が変わった……!?」

もう気付いたのか。

この二人、魔力に対する勘は悪くないようだな。

魔力というものは、魔法を使用する以外にも、生きているだけで少しずつ消耗《しょうもう》されていくものなのだ。

この自然放出を意図的に絶つことで、『気配』を消すのは暗殺術の初歩の初歩だな。

「狩りの下準備は、ここからが本番だぞ」

ここから先は、ありとあらゆるものを消していく作業だ。

足音を消し、息遣いを消し、全身の力みを消して、最終的には心臓の鼓動までも消していく。

さて。

こんなものかな。

最低限、生命機能を維持するのに必要なもの以外を削《そ》ぎ落としていくと、人間の気配というのは、途端に曖昧《あいまい》なものになっていくのである。

「ほら。慣れれば、こんな風に素手でも簡単に捕まえることができるぞ？」

「「…………!?」」

もっとも流石《さすが》に素手で仕留めるレベルの技術は、裏社界の中でも体得している人間は少ないのだけどな。

「キュピッ……⁉」

俺に首根っこを掴《つか》まれたホーンラビットが『何がなんだか分からない』という感じで呆然《ぼうぜん》としているようであった。

ふむ。

どうやらこの個体は、産気づいているメスのようだな。

個体数の維持のためにも、今回は逃がしてやることにしよう。

「えっ！　い、今のどうやったのですか⁉」

「信じられない。今のアルスくんの動き……⁉　まるで気配を感じられなかった……⁉」

俺の動作を目にした二人は、口々にそんなコメントを残していた。

まあ、今の二人にこのレベルを求めているわけではない。

不慣れな人間が無理に心臓の鼓動を止めてしまうと、危険極まりないだろうからな。

あくまで見本として提示したまでである。

「三匹だ。まずは、三匹のホーンラビットを仕留めてみろ。それが俺から与える新しい課題だ」

いつまでも訓練場で的《まと》を相手にしていては、実戦で最も重要な『思考力』を培《つちか》うことができないからな。

今回の訓練は、今まで教えた魔法を活《い》かすのにまたとない機会となりそうだ。

〜〜〜〜〜〜〜〜〜〜〜〜〜〜〜

それから。

俺たちが狩りを始めてから二時間ほどの時間が過ぎた。

指導を受けてからというもの、レナとルウは精力的に狩りを続けている。

気配の消し方についても、初めてにしては様《さま》になっているようである。

「火炎玉《ファイアボール》！」

「氷結矢《アイスアロー》！」

ふむ。

どうやら二人の使う魔法にも、少し変化が表れたようだな。

ターゲットを発見次第、思考停止で魔法を使っているようでは、時間が幾らあっても足りることはない。

ターゲットの死角を探る。

あるいは、ターゲットが射程範囲に入るまで息を潜めて待ち伏せる。

どちらも単純ではあるが、無策で狩りをするよりも遥《はる》かに理に適《かな》った戦い方である。


「悔《くや》しいです！　もう少しで当てることができたのに！」

「知らなかったよ……。動く相手に魔法を当てるのが、こんなに難しいなんて……」


もともと魔法のセンスに関しては、『それなり』のものを持っている二人だからな。

この調子でいくと、今日中にでも成果を上げることができるかもしれない。

さて。

ホーンラビット狩りについては二人に任せるとして、俺の方は『別のターゲット』の動向を探る必要がありそうだ。

見られているな。

少なく見積もっても敵の数は四だ。

好戦的なのが一人。

やや遠目にこちらの様子を窺《うかが》っているのが二人。何を企《たくら》んでいるのか分からない正体不明の存在が一匹。

それぞれ気配の消し方からいっても、戦闘を生業《なりわい》としたプロだと推測できる。

どうやら敵の狙いは、俺一人に絞《しぼ》られているようだ。

俺はレナとルウを戦いに巻き込まないよう、ひっそりと移動を開始する。

異変が起きたのは、その直後のことであった。


「グギャアアアアアアアアアアアアス！」


ふむ。

この独特の威嚇声《いかくごえ》は、ワイルドベアーか。

正体不明の存在に見られていることは分かっていたのだが、まさか大型の魔物に狙われているとは気付くことができなかった。

妙だな。

ワイルドベアーに限らず、大型の魔物というのは、警戒心が強く、滅多《めった》なことでは人間を襲ったりはしないのである。


「グギャアアアアアアアアアアアアアス！」


俺は敵の攻撃を避けながらも、魔法の発動を試みる。

身体強化魔法発動──《解析眼》。

そこで俺が使用したのは、《解析眼》と呼ばれる魔法であった。

魔力の流れを肉眼で捉えることを可能にする《解析眼》は、限られた魔法師にしか使うことのできない高等技術であった。

ふむ。

やはりそうか。

この個体は以前に遭遇《そうぐう》したネズミと同じ、《使役《しえき》魔法》にかけられて操られているようだな。

術式の『癖《くせ》』から考えても、前に俺を監視していた魔法師と同一人物の仕業《しわざ》と考えるのが妥当《だとう》だろう。

さて。

問題は目の前のワイルドベアーをどうやって仕留めるかだが、これについては『慣れている』ので魔法を使うまでもないだろう。

「グギャアアアアアアアアアアアアス！」

いくら力が強くても、ワイルドベアーの攻撃は、戦闘に最適化しているわけではない。

その打撃には予備動作が大きく、落ち着いて行動をすれば攻撃回避することは容易である。

ふむ。

ワイルドベアーの拳が耳の辺りまで下がったな。

これは敵の攻撃が飛んでくるサインである。

「…………!?」

俺は敵の攻撃をダッキングにより回避すると、素早く前に出て背後を取る。

熊の弱点は背面だ。

人間と比べて、極端に手脚が短いクマは、背中に回ってしまえば反撃に移ることができないのである。

さて。

背面に回ったことだし、後はこのままワイルドベアーの首を絞《し》め落としてやるとしよう。

「グギギ……。グギギギ……!?」

どんなに大きな生物であろうと、脳に血液が回らなければ、生命活動を停止させることになるだろう。

ふう。

後はワイルドベアーを操っている魔法師を仕留めるだけであるが、これについては既に目星をつけている。

本人としては《視覚誤認》の魔法で上手《うま》く隠れた気になっているのだろうが、精度が低く位置を割り出すことは容易だった。

ワイルドベアーの首を絞め落とした次の瞬間。

俺は木陰に隠れている男に向かって、立て続けに三発の銃弾を撃ち込んでやることにした。

「ガハッ……!?」

森の中に、男の悲鳴が響き渡る。

「マジかよ……。冗談だろ……!?」

俺を前にした男は、絶望に暮れているようであった。

「ま、待ってくれ！　殺すつもりはなかったんだ！　オイラはただ、ジブール坊ちゃんの命令で仕方がなく……」

やれやれ。

聞いてもいないうちから、依頼人の名前を割るとは三流も良いところだな。

「へへっ、元はと言うと、オレは坊ちゃんのＳＰ《スクールポイント》を稼《かせ》ぐためのお手伝いをしていたんだ。

だからよ、何も悪いことはしてねえんだ！　信じてくれよ！」

なるほど。

ジブールが不相応なＳ　Ｐ《スクールポイント》を獲得《かくとく》できていたのには、こういうカラクリがあったわけだな。

おそらくジブールは、用心棒として複数の『裏の魔法師』を雇用して、強引にクエストを進めていたのだろう。

「言いたいことは、それだけか？」

まさか尋問する前から、ペラペラと情報を吐き出してくれるとは思ってもいなかった。

これで余計な手間が省《はぶ》けたというものである。

「お、おい！　お前、まさかオイラを殺すつもりか⁉　止めておけ！　言っておくが、『貴族殺し』は大罪だぜ？　こう見えてもオイラは、一つ星《シングル》の貴族よ！」

やれやれ。

裏の人間が星の数を喧伝《けんでん》するようでは、終わりというものだろう。

だがしかし。

男の言葉にも一理ある。

この世界において、庶民《しょみん》が貴族を殺すのは重罪だ。

可能な限り、身に降りかかるリスクを軽減しておくのが利口な立ち回りというものなのかもしれない。

「そうだな。今日のところはお前の言葉に従うとしようか」

「ほ、本当か……!?」

「ああ。お前のことは、『別のやつ』に裁いてもらうことにするよ」

そこで俺は森の中に落ちていた植物の蔓《つる》を拾うことにした。

付与魔法発動――《耐性強化》。

単なる植物の蔓といっても魔法で強化すれば、それなりの強度を持つようになる。

少なくとも手負いの状態のこの男では、簡単に振り解《ほど》くことはできないだろう。

「……はい？」

俺は男の手足を縛《しば》ると、木の上に吊るし上げてやることにした。

「お、お前……。一体何を……」

男が使った使役魔法は、既に俺の魔法によって解除済みの状態である。
後は気絶状態から目を覚ましたワイルドベアーが、男の処遇を決めてくれるに違いない。

「ま、待ってくれよ！　な、何が望みだ？」

俺の考えていたことを察したのだろう。
顔面を蒼白にした刺客《しかく》の男は、必死の形相《ぎょうそう》で命乞《いのちご》いを始めた。

「カネか？　女か？　欲しいものは全部くれてやる！　だからよ、命だけは助けてくれよ！」

「…………」

欲しいもの、か。
言われてみれば、あまり深く考えたことがなかったな。
この学園に入学するまでの間、俺は常に生死のかかった戦場に駆り出されていたのである。
命以外のものに執着するのは、恵まれた人間にのみ許された特権だろう。

「強《し》いて言うならば、平穏な学園生活といったところかな」

無論、そのためには目の前の男は不要な存在である。
クルリと踵《きびす》を返した俺は、そのまま刺客の男の前から立ち去ることにした。

「ま、待て……。だ、誰か助け……。グワァァァアアアアアアアアアアアアアアアアア
アアアアアアアアアアアアアアアア！」

それから暫《しばら》くすると、男の叫び声が森の中に木霊《こだま》するのだった。

〜〜〜〜〜〜〜〜〜〜〜〜〜〜

でだ。

無事に刺客を返り討《う》ちにした俺は、暫く放置していたレナ&ルウの様子を見るために元いた場所に戻ってみることにした。

「アルスくん！　どこ行っていたのですか!?　ずっと探していたんですよ！」

元の場所に戻ると、上機嫌な笑みを浮かべるレナが俺の傍に駆け寄ってくる。

「見て下さい！　この、素晴らしい成果を！」

自慢気に胸を張るレナの足元には一匹のホーンラビットが置かれていた。

ふむ。

少し驚いたな。

この短時間で、早くも俺の出した課題をクリアーする糸口をつかんだか。

現時点での魔法の実力は、ルウの方が上だと思っていたので、俺としては意外な結果である。

「ワタシの故郷は、山奥にありましたから！　森の中を歩くのは、得意なんです！」

なるほど。レナが短期間で成果を上げることができたのには、そういう理由があったのか。

魔法の実力ではルウに劣るが、基礎的な体力であればレナの方が大きく上回っているのかもしれない。

「やるじゃないか。頑張ったんだな」

「えっ……？」

何故だろう。

俺が素直に褒めてやると、レナは喜びと戸惑いが入り混じった複雑な表情を浮かべていた。

「どうした。何かおかしなことを言ったか？」

「いえ。なんというか意外でした……。アルスくんがワタシを褒めてくれるの、初めてですよね」

お前は俺のことをなんだと思っているんだよ。

厳しく教えることだけが優れた指導というわけではない。

優れた成果を上げた場合、時には褒めてやることも必要だろう。

「ところで、ルウはどうしている？　近くにはいないようだが」

「あれ……？　おかしいですね。先程まで一緒にいたのですが……。そういえば、暫く姿を見ていないですね」

ふむ。

どうやら狩りに夢中で、ルウがいなくなったことに気付いていなかったらしいな。

ルウに限って、危険なことに首を突っ込んでいるわけはないと思うのだが、万が一ということもある。

この森は思ったよりも、危険みたいだからな。

念のため、ルウの様子を窺《うかが》いにいくとするか。

～～～～～～～～～～～


それから十分後。

暫く森の中を探索していると、聞き覚えのある男の声が聞こえてくる。

「ふざけるなよ！　その口の利《き》き方はなんだ！　食わせてやった恩も忘れて！」

この声は、ジブールか。

どうやら無駄に声を荒げているようだ。誰と喋《しゃべ》っているのだろうか。

「犯罪者の娘を引き取ってやると言っているんだ！　大人しくボクの言うことを聞いたらどうなんだ！」

一緒にいるのはルウか。

しかし、犯罪者の娘、というのはどういうことだろうか？

「どうした！　何か言い返してみろよ！　出来損《できそこ》ないの下級貴族が！」

その時、俺の脳裏《のうり》を過《よぎ》ったのは、以前に放課後の教室でルウが勢い良く頬《ほお》を叩かれている光景であった。

やれやれ。

このままジブールの暴走を許したら、また同じようなことになるかもしれないな。

「おい。そこで何をしている」

そう判断した俺は、わざと大きく足音を立てて、二人の前に姿を見せてやることにした。

「な、何故だ……。どうしてお前がここに……!?」

俺の姿を目《ま》の当たりしたジブールは、驚愕《きょうがく》の表情を浮かべていた。

随分《ずいぶん》と不用心な聞き方をするのだな。

その言い方では、まるで刺客《しかく》を放ったのが、自分だと自白しているようなものではないか。

「どうした？　俺がここにいると、何か不自然なことがあるのか？」

「～～～～っ！」

核心を衝《つ》いた質問を投げてみると、ジブールは益々《ますます》と狼狽《ろうばい》しているようだった。

「チッ……。興《きょう》が削《そ》がれた。今日はこれくらいで勘弁しておいてやる……！」

そんな捨て台詞《ぜりふ》を残したジブールは、自慢のロングヘアーを翻《ひるがえ》して、俺たちの傍を離れていく。

ジブールとしては、刺客に命令をして完全に俺のことを殺したつもりでいたのだろうな。

自分の目で確認もせず、他人を素直に信じられる性格は、ある意味では羨《うらや》ましい限りである。

「ごめんね。アルスくん。変なところを見せちゃったよね……」

表情に影を落としたルウは、目に浮かんだ涙をそっと手で拭《ぬぐ》う。

「私、もう行くから……」

やれやれ。

涙が出るほど辛《つら》いのに、全て独りで抱え込もうとするとは強情な女である。

「おい」

なんとなく放っておくのはまずいような気がしたので、立ち去ろうとするルウの肩を摑《つか》んで呼び止める。

「話してみろよ。何があったのか」

「………」

面倒ではあるが、致し方あるまい。

このまま放っておくと、コーチの仕事にも影響が出るかもしれないな。

だから俺は以前から気になっていたルウの家庭事情について、聞いてみることにした。


〜〜〜〜〜〜〜〜〜〜〜〜〜


「私のパパは、三年前に死んでいるの。政府の人間に殺されたんだ」

曰《いわ》く。

ルウの父親は、かつて政府お抱えの創薬師として、目覚ましい成果を上げていた。

今でこそ一つ星《シングル》の立場に甘んじているが、ルウの家は、かつて三つ星《トリプル》の貴族であったらしい。

裕福な貴族の家に生まれたルウは、そこで何不自由のない生活を送っていたのだとか。

「医学の力で、貴族と庶民《しょみん》が平等に暮らせるような世界を作りたい。それがパパの口癖《くちぐせ》だった」

ルウの父親が秘密裏《り》に開発していた薬は、『能力が低い人間の魔法能力を開花させる』というものであった。

志《こころざし》としては、立派なものだと思う。

だが、この薬の開発は、貴族主義を至上とする政府にとって不都合なものだった。

「ある日、私の家に『黒い人』がやってきて、パパを殺したんだ」

そこから先は、転落の人生の始まりであった。

違法薬物の開発に関与していたとされて、家にあった三つ星《トリプル》の称号は、二階級降格して、一つ星《シングル》の地位に堕《お》ちることになった。

生活に困窮《こんきゅう》したルウは、以前から付き合いのあったジブールの家に支援を求めざるを得ない状況に追い込まれたのだという。

婚約の話が決まったのは、その直後のタイミングであった。

「ねえ。そう言えば、アルスくんには話していなかったよね。どうして私が強くなりたいのか」

言われてみれば、そうだったな。

レナの強くなりたい理由は、命を救ってくれた人間に少しでも近づきたいという純粋なものであった。

だがしかし。

今の話を聞いた限り、ルウの強くなりたい理由は、レナとは逆の感情なのだろう。

「私には殺したい人がいるの。大好きなパパを殺した人間を私の手で消し去ってやりたい。それが私の願いだよ」

真っ直ぐな殺意を宿した瞳でルウは言った。

「ねえ。そんなことを言ったら、アルスくんは信じてくれる？」

本人としては冗談のテイを装《よそお》うつもりだったのだろう。

だが、長年、殺しを生業《なりわい》にしてきた俺には分かる。

信じるも何も、ルウが抱いていた殺意は紛《まぎ》れもなく本物だ。
上辺《うわべ》だけの感情では出すことのできない『重み』がルウの言葉の中にはあった。
「さあな。人間の心の内など誰にも分からないからな」
深く追及をすることなく、適当に返事を濁《にご》しておく。
やれやれ。
世の中には、俺の思っている以上に『奇妙な巡り合わせ』というものが多いのだな。
今回の件に関しては、これ以上、踏み込んでいくのは藪蛇に思えて仕方がない。
何故ならば――。
ルウの父親を殺したのは、他でもない俺自身だからだ――。

―― 5話 ―― 仕事の依頼

その日の夜。

本日の仕事を終えた俺は、親父《おやじ》の待っている酒場にまで足を運ぶことにした。

【冒険者酒場　ユグドラシル】

暗黒都市の裏路地にひっそりと構えるこの酒場は、俺たち組織が頻繁《ひんぱん》に利用する店であった。

「珍しいな。お前が手をかけたターゲットに興味を持つとは」

親父の元を訪ねたのは、三年前の事件について改めて確認したいことがあったからだ。

「過去に拘《こだわ》らない。それがお前の信条だったんじゃないのか」

親父の言う通り、俺は過去に拘らない。

死んだ人間のことを考えたところで『未来』が変わることはないからな。

嵐のように人の命が吹き飛んでいく戦場では、過去の人間に頭のリソースを割《さ》いていられる余裕もなかったのだ。

「なんてことはない。単なる気まぐれだよ」

親父に学園のことを詮索《せんさく》されても面倒だからな。

ここは適当に言葉を返しておくのが正解だろう。

「ふむ。マイク・アルテミシアか。たしかに、お前が殺しているな。若くして優秀な創薬師だったよ。政府に目を付けられていなければ、今頃は……。まあ、これに関しては考えても仕方のないことだ」

「そうか」

やはりルウの運命を狂わせた責任の一端は俺にあったようだ。

別にだからどうというわけではないのだけどな。

親父の言う通り、これに関しては深く考えても仕方のないことだろう。

俺が殺さずとも、他の誰かが殺していた。

それだけのことだ。

政府に目を付けられた時点で、ルウの父親の運命は決定していたのだろう。

「どうして急にアルテミシアの家について？」

「別に。たいした理由はない。少し気になることがあっただけだ」

立て続けに質問を受け流すが、親父はさして気にも留めていない様子であった。

裏の世界で生きていれば、誰にだって踏み込まれたくないことがある。

お互いに必要以上に干渉しないことが、この世界で生きている人間たちにとっての暗黙のルールとなっていたのだ。

「で、アルよ。次にお前に任せたい仕事が決まったよ」

俺から真意を引き出すことを諦めたのか、親父は話題の転換に乗り出したようだ。

「とある貴族のパーティーに出席してもらいたい」

ふむ。

貴族のパーティーの偵察任務か。

《逆さの王冠《リバース・クラウン》》が現れて以降、徐々に依頼数が増えている仕事だな。

おそらく政府は恐れているのだろう。

三年前に貴族のパーティーで起こった大量虐殺《ぎやくさつ》、《オズワルド事件》の再発を――。

「しかし、奇妙な偶然もあったものだな。今回のパーティー主催者は、三つ星《トリプル》貴族、レクター・ランドスター。マイクの後輩にあたる人物だな」

「…………!?」

そこで親父から聞いたのは、俺にとっても意外な人物の名前であった。

待てよ。

最近、何かと俺に突っかかってくるクラスメイト、ジブールの名前も、たしか、ランドスターだったような気がするな。

つまり今回の任務は、ルウの家に踏み込んだものになるのかもしれない。

「偶然にしては出来過ぎたタイミングだな。神様の悪戯《いたずら》ってわけか？」

「……神なんていないさ。この世界の醜《みにく》さがその証拠だよ」

適当に返事を濁した俺は、小銭をテーブルに置いて店を後にする。

やれやれ。

関わらずにいようと決めた矢先にコレである。

何も面倒事が起きなければ良いのだが……。

親父から仕事の概要《がいよう》を聞いた俺は、そんなことを思うのだった。

〜〜〜〜〜〜〜〜〜〜〜〜〜〜

一方、その頃。

ここは王都でも、有数の大貴族であるランドスター家の地下室である。

「この無能が！　一体どの面《つら》を下げて、ボクの元に戻ってきたんだ！」

地下室の中で怒声を上げる男は、王立魔法学園1Eのクラスメイト、ジブールであった。

「お前ら、それでも裏の魔法師か！　たった一人の庶民《しょみん》すらも殺せないのかよ！」

課外授業から帰ってきたジブールは憤慨《ふんがい》していた。

当初の予定では、アルスを事故に見せかけて、秘密裏《り》に抹殺《まっさつ》する手はずだったのだ。

だがしかし。

当のアルスはというと、掠《かす》り傷一つ負った様子が見られない。

それどころか、森の中に放った刺客《しかく》の一人が行方《ゆくえ》不明になるという有様であった。

「お言葉ですが、マスター。あの男は、ただの庶民ではありませんぞ」

ジブールの怒りを諫《いさ》めるように進言したのは、古くからランドスター家と取引をしていた裏の魔法師の一人であった。

執事服に身を纏《まと》ったその男は、この道十年の熟練の暗殺者《アサシン》であった。

「恐ろしく強く、勘の鋭い男でした。100メートル離れたところからでも、こちらの位置を正確に把握《はあく》しているようでした」

アルスの中には、隙《すき》と呼べるようなものは何もなかった。

十年以上も、裏の世界で生き抜いてきた男だからこそ、理解できる。

魔法師としての『格』が違いすぎる。

もしも無理に勝負を挑めば、確実に瞬殺されていただろう。

「まったくもって……。ジジイの意見に賛成するね」

そう言って執事服の男の言葉に合わせるのは、体長二メートルを超えようかという大柄の暗殺者《アサシン》であった。

「奴は……。関わってはいけない本物の闇だ……、初めてだぜ。このオレ様が、眼《がん》だけで気圧《けお》されちまうとはよ……」

今日のことを思い出すだけで、恐怖で体が竦《すく》んでしまう。

アルスから受けた殺気は、男の脳裏《のうり》に深く刻まれて、トラウマとなっていたのだった。

「悪いが、オレは降りさせてもらうぜ。もう一度、ゼロから自分を鍛え直す。そう決めたんだ」

「同感ですね。この仕事は、幾らカネを積まれても割に合いません。それが我々、プロの出した結論です」

優れた暗殺者《アサシン》ほど、相手の力を見抜く技量に長《た》けているものなのだ。

自分より、強い魔法師には決して手出しをしないこと。

それこそが長く、この世界で生き残る鉄則なのである。

「それではワタシは失礼します」

「あばよ。坊ちゃん。達者でな」

それぞれ言葉を残した二人の魔法師たちは、クルリと踵《きびす》を返してジブールの元から離れていく。

「はあ!? おい！ なんだよ、それ！」

この展開に納得がいかないのがジブールであった。

今までジブールが実力以上にＳＰ《スクールポイント》を獲得《かくとく》できていたのは、二人の協力によるところが大きかったのである。

「お前たちがいなかったら、誰が庶民を裁くんだよ！ 無能どもが！」

主人の呼びかけにもかかわらず、二人の魔法師たちが足を止めることはない。

静かになった地下室の中には、ジブールの悲痛な叫び声だけが虚しく木霊《こだま》していた。

「クソ！　クソクソクソッ！　どいつもこいつも、ボクをコケにしやがって！」

苛立《いらだ》ちの感情を募《つの》らせたジブールは、手近にあった花瓶《かびん》などを手当たり次第に破壊していく。

だがしかし。

どんなに破壊したところで、ジブールの苛立ちは収まる気配がない。

ジブールの中には、行き場のない怒りの感情だけが溜まっていった。

「ふふふ。困っているようだね。ジブール」

地下室の中に聞き覚えのある声が響き渡る。

レクター・ランドスター。

三つ星《トリプル》貴族、ランドスター家の当主にして、血の繋《つな》がったジブールの肉親であった。

「お、お父様……」


幼いころより、ジブールは父親のことが苦手であった。

今の自分の立場は、全て父の残した功績によるものだということは十分に理解している。

だがしかし。

社交の場には決して顔を出さずに、研究に没頭する父を薄気味悪いとさえ思っていた。


「何かあったのですか？　随分《ずいぶん》と取り乱していたようですが……」

「いえ。なんでもありませんよ。少しカッとなってしまっただけです」


父と会話をしたくない一心でジブールは、適当に会話を切り上げる。

レクターのことを苦手としているのは、ジブールだけではなかった。

母も、兄も、妹も、はたまた使用人たちでさえも、父レクターに対して嫌悪感を抱いているのだ。

「ところで、ジブール。力が、欲しくはないですか……？」

耳元に囁《ささや》きかけるようなネットリとした口調で、レクターは言った。

「……どういう意味ですか？」

「ちょうどいま、研究している薬が、魔法能力を飛躍的に上げるものでね。実験台となる人間を探していたところだったのですよ」

そう言ってレクターが差し出したのは、怪しげな箱の中に入れられた白色の錠剤《じょうざい》であった。

「…………」

こういうところが、ジブールにとって父の尊敬できない面であった。

家族から嫌悪感を抱かれていることが分かっているにもかかわらず、当のレクターはそのことを気に留める様子がない。

レクターが家族に向ける目は、まるで実験用のモルモットを見るようなものだったのである。

「……お断りします。お父様は、もう少し、家のことを顧《かえり》みてはどうでしょうか」

クルリと踵を返して立ち去ろうとするジブールであったが、寸前のところでレクターに肩を摑《つか》まれる。


「おっと。そうはさせませんよ」

慌てて振り解こうとするレクターであったが、それは既に無駄な抵抗であったことを知る。

(なんだ！　この力は……！　嘘だろ……！　この細腕の何処《どこ》にこんなパワーが⁉)

全力で抵抗しているにもかかわらず、まったく、動くことができない。

身動きを封じられたジブールは、強引に錠剤を飲まされた。

「うがっ！　うがあああああああああああああああああああああああああああああああ

ああああああああああああああああああああああああああああああああ
ああああああああああ！」

体が熱い。

ジブールは、膨大《ぼうだい》な魔力によって、体を焼かれるような痛みを味わう。

（ほほう。流石《さすが》は我が息子。この反応は久しぶりに『アタリ』のようですね）

ジブールに投与した薬物は、言うなれば巷《ちまた》で出回っている違法薬物ＤＤ《ディーツー》の改良版である。

魔法の才能を持たない人間の魔法能力を開花させる効力を持ったこの薬は、ごく稀《まれ》に『異能の力』を引き出すことがあった。

庶民《しょみん》の家の生まれが多い《逆さの王冠《リバース・クラウン》》が優秀な魔法師を集めることができるのは、この薬品の功績によるところが大きかったのである。

（ふふふ。面白くなってきました。パーティーの楽しみが、また一つ増えたというものです）

変貌《へんぼう》していく我が子を前にしてレクターは、満足気な笑みを零《こぼ》すのだった。

一 6話 一 対人魔法

それから。

何かと騒がしかった課外授業が終わり、俺たちの日常が戻ってきた。

課外授業は終わったが、俺が個人的に二人に出した課題が終わったわけではない。

放課後。

学園を出た後は、時間を見つけては例の森に向かって、ホーンラビット狩りをするのが俺たちの新しい日課となっていた。

「火炎玉《ファイアボール》！」

「氷結矢《アイスアロー》！」

ここ数日の間で二人は、魔法の実力を随分《ずいぶん》と上げたように思える。

訓練場の中で、動かない的《まと》を相手にしていては、いつまでも実戦的な力を身に着けることができない。

この森は駆け出しの魔法師にとっては、格好の修練の場となっているようである。

「ふふふ。まずは一匹、捕まえることができました！」

「やった！　こっちも作戦成功だよ！」

ふむ。

早々に一匹目の獲物を捕まえることに成功したか。

この様子だと、今日のうちにでも課題を達成することができそうである。

ちなみに捕まえたホーンラビットは学園に持っていけば、ＳＰ《スクールポイント》と交換可能らしい。

一匹で10ＳＰ《スクールポイント》とポイントは低いのだが、こう連日通い詰めていけばバカにならないポイントになりそうだ。

「やりました！　これで三匹目！　目標クリアーです！」

最初に課題を達成したのはレナであった。

合計で三匹目となるホーンラビットの討伐《とうばつ》に成功したレナは、獲物を携《たずさ》えて、俺の傍に駆け寄ってくる。

「あの、アルスくん。前の約束、覚えているでしょうか？」

「ああ。最初に課題をクリアーした方が、俺から好きな訓練を受けられる、というやつか？」

やれやれ。

あの約束は、その場の一度限りのつもりだったのだけどな。

二人の頑張り方を見ていると、どうも継続している扱いになっているらしい。

「それです！　実を言うと、今回もお願いしたいことがあるのだけど、よろしいでしょうか？」

「別に構わないが、魔力移しなら、今日の学園でもしたばかりじゃなかったか？」

「こ、今回は違いますよ！」

ふむ。

魔力移しでないとすると、何が目的なのだろうか。

他にレナが求めることに関しては、今のところ想像ができないな。

「アルスくん！　こっちも終わったよー！」

そうこうしている内に、ルウも課題を達成したようだ。

ルウの腕には、氷の矢が刺さったホーンラビットが抱えられていた。

「……詳しいことは後ほど。できれば、ルウのいないところで話したいのです」

ルウの姿を見るなり、レナは俺に耳打ちをしてくる。

やれやれ。

ルウにも言えない相談ともなると、間違いなく面倒事になるだろうな。

ここ最近のルウはジブールに付き纏《まと》われて、精神的に追い詰められているようなので、それ絡みの相談なのかもしれない。

「さて。そろそろ、次の課題に移るとするか」

二人が課題を達成した以上、新しいトレーニングを考えてやる必要があるだろう。

でだ。

「はい！」「待っていました！」

ふむ。

これまでのトレーニングにより、成長を実感できているからだろうか。

二人とも、俺から新しい魔法の手ほどきを早く教わりたくて仕方がないという様子であった。

「そうだな。次の課題は、お前たちで考えてみる、というのはどうだろう？」

「「えっ……!?」」

他人から与えられる課題をこなしているだけでは、真の意味での成長を期待することはできない。

更なる成長のためには、自分の頭で考える力を養うことが必須《ひっす》だろう。

「対人魔法」

たしかな意思を感じられる声で、ルウは言った。

「好きな魔法を学べるのなら、対人魔法について教えてほしいな」

ふむ。

対人魔法か。

少し時期尚早な気もするが、これまで学んだ魔法を総括《そうかつ》する意味では悪くない選択な気がする。

だが、気掛かりなこともある。

『私には殺したい人がいるの。大好きなパパを殺した人間を私の手で消し去ってやりたい。それが私の願いだよ』

その時、俺の脳裏《のうり》を過《よぎ》ったのは、いつの日かルウが俺に告げた言葉であった。

対人魔法を覚えたい、という意志が、件《くだん》の『殺し』を目的にしたものだとしたら、教えるにしても複雑な気分である。

「いいですね！　対人魔法！　そろそろワタシも、本格的に取り組みたいと考えていたところでした！」

どうやらレナも賛成のようだ。

コイツの場合は、特に深い理由がなさそうで安心だな。

仕方がない。

二人が求めている以上、俺から反対することもないだろう。

「それでは、今日から、対人を意識した魔法のトレーニングを始めようと思うのだが……。二人にはまず、覚えてほしい魔法がある。それがなんだか分かるか？」

「戦いに使う魔法、ということは、やはり属性魔法でしょうか？」

「違う。それ以前の問題だ」

属性魔法は、魔法師にとっての華だ。

たしかに戦闘にとっては不可欠なものであるが、二人が覚えるのにはまだ早いだろう。

「二人にはまず、身体強化魔法を覚えてもらいたい。これが覚束《おぼつか》ないようでは命が幾らあっても足りないからな」

「「…………？」」

二人にとっては、意外な答えだったのだろうか。

俺の言葉を受けた二人は、特大のクエスチョンマークを浮かべているようだった。

「あの、アルスくん。身体強化魔法は、魔法の中でも初歩的なものですよね？　当然、ワタシたちはそれなりに扱える気でいたのですが……？」

気のせいかな。

以前にも似たようなやり取りをしたような気がするぞ。

何かにつけてポジティブなところは、考え方によってはレナの長所なのかもしれない。

「そこまで言うからには試してみるか。お前、そこに生えている木を薙《な》ぎ倒すことができるか？」

ちょうど都合良く手頃な木を見つけたので近づいてみる。

俺の目の前にある木は、この雑木林の中では一番大きなものであった。

「こ、こんなに太い木を……？」

「無理に決まっています！　いくら身体強化魔法でも限度というものがあります！」

まあ、今の二人の実力では、どう転んでも難しいのだろうな。

前方確認。

よし。他に人はいないようだな。

《身体強化魔術、指力強化》

周囲の安全を確認した俺は、目の前の木に向かってチョコンと指を弾いてやることにした。

メギンッ！

ズガガガガガガガガガガガガガガガガガガガガガガガガガガガガガガガガガガガガガガガ
ガガガガガガガガガガガガガガガガガガガガガガガガガッ！

俺が指を弾いた次の瞬間。
大地が轟《とどろ》くような音が天に響く。
根本の方から真っ二つに折れた大木は、天高くに向かって放り出された。

「とまあ、鍛え方次第で、誰でもこれくらいのことはできるようになるぞ」

流石《さすが》に今の二人に、このレベルのことは望んではいない。
だが、身体強化魔法の練度は、そのまま防御力に直結するからな。

対人を想定した訓練を積むなら、ある程度のレベルアップはしてもらわないと困る。

「「なっ。なななっ…………⁉」」


俺が何気なく木を薙ぎ倒したことが、よほど意外だったのだろうか。

レナ&ルウは暫《しばら》く呆気《あっけ》に取られて立ち尽くしていた。


「言っておくが、これくらい別に普通だからな？」

「「まったく普通じゃありません！」」


二人が異議を唱えたのは、ほとんど同じタイミングであった。

別に謙遜《けんそん》しているわけではないんだけどな。

この程度の魔法が使用できないようでは、裏の世界で生き残っていくことは難しい。

二人が驚くということは、それだけ今まで出会ってきた魔法師たちのレベルが低かったということなのだろう。

〜〜〜〜〜〜〜〜〜〜〜〜〜〜〜〜〜

それから。
何はともあれ対人魔法の初歩となる《身体強化魔法》のトレーニングが始まった。

「とうっ！」「せいっ！」

二人に与えた課題は、この雑木林の木を素手で薙ぎ倒すことである。
武器を使わない限り、手段は問わない。
両手両足は自由に使うことができるというルールであった。

「やあっ！」「それっ！」

それぞれ手頃な木を見定めた二人は、利《き》き腕を使って攻撃を開始したようだ。

「ダメです……。まったく……。これっぽっちも……。ビクともしないです……」

「これ、思っていたよりも、ずっとキツいよ……」

さっそく苦戦を強《し》いられているようだな。

付与魔法に比べると、身体強化魔法は遥《はる》かに体力の消耗《しょうもう》が激しいのだ。

駆け出しの魔法師であれば、五分と持続させることができないだろう。

「ワタシ……。限界です……」

「こっちも。もう無理……」

精根が尽き果てた二人は、そのまま地面の上に倒れ込んでしまう。

ふむ。

二人の魔力が尽きるまで、五分ジャストといったところだろうか。

訓練の段階でこの有様では、実戦では一分と持続させることができないだろう。

「休んでいる暇はないぞ。最低でも、一時間はこの魔法を維持できるようになって、初めてスタートラインだ」

「い、一時間⁉」

華やかな攻撃魔法にばかり注力して、身体強化魔法の鍛錬を怠《おこた》るのは、温室育ちの魔法師が陥《おちい》りがちな弱点である。

「アルスくん。いくらなんでもそれは無理です！　このままでは体力以前に魔力がもちません！」

レナの言葉は正論である。

魔力の用途は、何も魔法を使うことだけではない。

人間の体を動かすためにも魔力の消費は不可欠なのだ。

身体強化魔法で消費する魔力の量は、付与魔法とは比べ物にならないほど膨大《ぼうだい》なのである。

「当然それは想定済みだ。レナ。少し顔を上げてくれるか？」

「え？　こ、こうでしょうか？」

俺に言われるがまま、レナは首を曲げて、視線を合わせてくる。

その直後、俺はレナの唇を塞《ふさ》いでやることにした。

「～～～～～～！」

ふぅ。

相変わらずレナは、キスに慣れていないようだな。

俺が与えた魔力がレナの体に活力を与えることになったのだろう。

瞬間、レナの体温が一気に上がっていくのが分かった。

「んっ――！　んんんっ――！」

十秒ほど口付けを交わしただろうか。

抵抗を諦めて、レナの表情が蕩《とろ》けてきたところで、体を離してやることにした。

「ちょっ……。ちょっ……。い、いきなり何をするんですか！」

相変わらずに初心《うぶ》な反応をするのだな。この女は。
別にどうということはない。
俺は単にトレーニングのサポートを行ったのに過ぎないのだ。

「どうだ。少しは体が軽くなったんじゃないか？」

魔力移しの使用用途は、魔力線の拡張だけではない。
魔力切れを起こしている相手に魔力を付与することによって、体力の回復を図ることが可能なのだ。

「あれ……？　た、たしかに！　先程よりも元気になっているような気がします……！」

先程までグッタリしていたのが嘘のよう――。
手足をブンブンと振り回したレナは、すっかりと体のキレを取り戻しているようであった。

「魔力切れを起こしたら、直ぐに俺のところに来い。これで継続的なトレーニングができるようになるぞ」


身体強化魔法の訓練は、とにかく根気のいる作業だ。

一度、使い果たした魔力を回復させるのには長い時間が必要になる。

本来であれば、身体強化魔法の持続時間を一分上げるだけでも一カ月の時間を要するともいわれているのだ。

だがしかし。

この方法を使えば、修業に必要な時間を大幅にショートカットすることができるだろう。

「待って下さい……！　ということは、このトレーニング……。休憩《きゅうけい》の度《たび》に『魔力移し』の必要があるということですか？」

そこに気付いてしまったか。

この修業法の唯一にして最大のデメリットは、コーチである俺の負担が大きすぎるということだろう。

「ああ。まあ、そういうことになるな」

「…………！」

俺の思い過ごしだろうか。

ルウの質問に答えると、隣にいたレナの両目にメラメラと気合いの炎が灯ったような気がした。

「アルスくん……。流石《さすが》にそれは、体力的にも精神的にも厳しすぎる気が……」

「ん？　そうか？」

俺が親父《おやじ》に教わった時は、なんの道具もない状態で、山の奥に置いてきぼりにされただけだった。

親父から与えられた課題は、直径一メートルほどの岩石を素手で砕けるようになってこい、だったかな。

その時に比べると、随分《ずいぶん》と生温《なまぬる》い修業のような気がする。

結局、あの修業は半年近くも続いて、下山した頃には無駄なサバイバル知識を獲得《かくとく》することになったのだ。

「ふふふ……。これは……チャンス……。千載一遇《せんざいいちぐう》のチャンスです……！」

戸惑いの表情を浮かべるルウとは対照的に、テンションを上げていたのはレナであった。

俯《うつむ》き気味に視線を伏せたレナは、ブツブツと独り言を呟《つぶや》いているようだった。

「さあ、張り切って訓練を再開しましょうー！」

元気になったレナはまるで、体内の魔力を一刻も早く空《から》にしたいと言わんばかりの勢いで、目の前の木に向かって拳を打ち付けていく。

よく分からないが、レナがヤル気になってくれたようで何よりである。

こうして新しい課題を得た二人は、日が暮れるまで身体強化魔法の訓練に励《はげ》むのであった。

― 7話 ― 新たな仕事は貴族のパーティー

それから。

森の修業を開始してから数週間の時が流れた。

二人の魔法の訓練は、ゆっくりではあるが着実に進んでいる。

でだ。

所変わって、ここは王都最大のターミナルの中である。

今日の仕事は、以前から聞いていた貴族のパーティーの護衛任務であった。

「いやー。今日は絶好の仕事日和《びより》ッスね！　アニキ！」

ふむ。

それにしても今日のパーティーは、随分と贅沢《ぜいたく》なものなのだな。

今まで様々なパーティーを見てきたが、まさか魔導列車を丸ごと貸し切って行うパーティーがあるとは思いも寄らなかった。

【ランドスター家　当主　レクター・ランドスター生誕祭】

車両内は豪華な装飾が施《ほどこ》されており、そんな垂れ幕が至るところに下がっていた。

レクター・ランドスターか。

聞くところによるとレクターは、ジブールの実父にあたる人物らしい。

そう言えば、このところジブールは学園に姿を見せていないが、今回のパーティーには出席しているのだろうか。

「今日のアニキ、いつもと雰囲気《ふんいき》が違うッスね！　バッチリ決まっていて、格好良いッス！」

今回の仕事は、流石に仕事着というわけにはいかないからな。

ちょうど切らしていたので、パーティー用のタキシードを新調したところであった。

「そういうお前はいつも通りだな……」

服装こそ、ドレスコードに引っかかるようなものではなさそうだが、褒められる点はそこだけだ。

トレードマークのトサカ頭は、そのままの状態なのだ。

庶民《しょみん》の俺が人のことを言えた義理ではないのだが、場違いな感じが半端《はんぱ》ないぞ。

「ところで、どうしてお前が星を付けているんだ？」

良い機会なので先程から気になっていたことを尋ねてみる。

どういうわけかサッジの襟《えり》には、二つ星《ダブル》の勲章が付けられていた。

貴族の証《あかし》である勲章を偽って身に着けることは大罪だ。

いくら仕事のためとはいっても、可能な限り避けておくべきだろう。

「えっ。オレ、元から二つ星《ダブル》なんスけど？」

意外過ぎる言葉が返ってきたぞ。

こんなに育ちの悪そうな貴族が存在していたのか……。

貴族といっても一括《ひとくく》りにはできないみたいである。

「そりゃ、今は訳あって、家とは縁を切った身ではありますが……。組織の中でも、完全に庶民上がりなのはアニキくらいだと思いますよ」

そうだったのか。

たしかに俺のような庶民が魔法の才能を持って生まれる可能性は低いと聞く。

確率で考えていくと、《ネームレス》の組織の大半は、訳アリの貴族と考えた方が良さそうだな。

「サッジ。声がでかい。あと、そのふざけた髪型、なんとかならなかったの？」

そう言ってサッジの言動に注意を入れたのはマリアナであった。

組織から《女豹《めひょう》》の通り名を与えられたマリアナは、俺にとっての先輩暗殺者《アサシン》の一人であった。

「うおおお！　マリ姉《ねえ》！　相変わらず可憐《かれん》ッス！」

マリアナには、幼いころから色々と世話になった。

当時、新米だった俺に魔法の手ほどきをしてくれたのは、他でもないマリアナであったのだ。

おいおい。

この女も高位の貴族だったのかよ……。

マリアナの襟に付けられていたのは、ウチの学園でも滅多《めった》に見ることのない三つ星《トリプル》の勲章であった。

「知らなかった。マリアナは、三つ星《トリプル》の貴族だったのか」

「まあね。堅苦しいのが嫌で、直ぐに家を飛び出したけど。利用できるものはなんでも使うわ。仕事だもの」

マリアナが現場仕事に出るのは、随分《ずいぶん》と久しぶりな気がする。

暗黒都市パラケノスが平和だった頃のマリアナは、主に組織の諜報員《ちょうほういん》として活動しており、表に顔を出す現場仕事とは無縁だったのだ。

「組織の人間が三人も揃うなんて珍しいッスね！　今日の仕事は、そこまでのものなんスか？」

少数精鋭を謳《うた》う《ネームレス》の仕事は、単独か、ペアでの任務が多かった。

サッジの言う通り、三人ものメンバーが同一の任務に当てられることは珍しい気がする。

「さあ。どうだろうね」

少しだけ憂《うれ》いを帯びた表情でマリアナは続ける。

「要するに上の連中は、それだけ警戒しているということだろうね。オズワルド事件の再発を

──」

オズワルド事件か。

事件を経験したメンバーにとっては、苦い記憶として脳裏《のうり》に焼き付いている。
突如として貴族のパーティーを襲ったテロリストたちにより、罪のない多くの人間の命が失われることになったのだ。

「はあ。なんスか。そのオズワルドっていうのは？」

「新入りのアンタには関係のない話さ。とにかく気を引き締めて警護にあたりなさい」

たしかに高速で移動する魔導列車の車両は、人間を閉じ込めておくのには、おあつらえ向きの構造をしている。

会場に集まった人間は俺を除いて、高位の貴族が大半を占《し》めていた。

状況から考えると、《逆さの王冠《リバース・クラウン》》のメンバーがテロを仕掛けてきてもおかしくない条件が揃っているといえるだろう。

「それはそれとして。アル。アンタは、彼女のところに行ってやりなさいよ」

そう言ってマリアナが視線を送った先にいたのは、赤色のドレスを身に纏《まと》ったレナであった。

ポツンと佇《たたず》んでいるレナは、なんとなく手持ち無沙汰《ぶさた》な様子だった。

仕方がない。

今日は一日、レナと一緒にパーティーに参加する約束をしていたからな。

仕事の話はこの辺りで切り上げることにするか。


〜〜〜〜〜〜〜〜〜〜〜〜〜〜〜〜


どうして今回のパーティーにレナが出席することになったのか？

事の発端は、今から数日ほど前に遡《さかのぼ》る。

「頼みというのは他でもありません！　アルスくんにはワタシと一緒に、とあるパーティーに出席してほしいのです」

それは森の中で身体強化魔法に励《はげ》んでいた日のことであった。

俺はレナから課題達成のご褒美《ほうび》を聞くために木陰に身を移していた。

「パーティー？　なんのことだ？」

「実を言いますと、ルウはジブールくんの家が主催するパーティーに招待されているのです」

少し驚いたな。

ランドスター家のパーティーというと、組織の任務で俺が行くことになっている場所である。

ジブールの許嫁《いいなずけ》という立場を考えると、ルウが参加する可能性は考慮《こうりよ》していたのだが、レナまで参加するとは思ってもいなかった。

「ルウの様子が心配です。このところ訓練の参加も疎《おろそ》かになっているようでしたし……」

「…………」

たしかにルウの様子が心配なところではある。

どういうわけか、ここ数日のルウは、学園の授業すらも欠席していたのだ。

堅実にＳＰ《スクールポイント》を溜めているので、進級に関わることはないだろうが、あまり長く欠席が続くのも考えものである。

「もし、断る、と言ったら？」

「当然、ワタシ一人でも参加します！　ジブールくんが、ルウに乱暴なことしようものなら、容赦《ようしゃ》はしないつもりです！」

「…………」

やれやれ。

少し予定は変わってしまうが、背に腹は替えられないか。

この女に好き勝手な行動を取られては、仕事がやりにくくて仕方がないからな。

組織のメンバーには前もって事のあらましを説明しておけば、特に問題はないだろう。

～～～～～～～～～～～～～～

そういうわけで、今回の任務はレナが同行することになったのだ。

俺としては学園の知り合いを危険な場所に向かわせるのは、気が引けるところである。

だが、本人が強く望んでいる以上、止めるのは難しいだろう。

「隣、空いているか？」

入口でウェルカムドリンクを受け取った俺は、レナの傍に歩み寄ることにした。

「誰ですか？　あの女の人」

開口一番、レナは、不機嫌そうに頰《ほお》を膨《ふく》らませているようだった。

「まあ、昔ながらの顔なじみ、といったところかな」

「すごく綺麗《きれい》な人……。ワタシ、あんなに綺麗な人を見るのは、初めてかもしれません……」

憧れと嫉妬《しっと》が入り混じったような複雑な表情で、レナは言う。

ふむ。

どうやらマリアナの美貌《びぼう》を前にして、面食らっているようだな。

単に生まれ持った容姿が、優れているというだけではない。

彼女の一挙手一投足《いっきょしゅいっとうそく》は、見るものを魅了するように計算され尽くしたものである。

女性としての魅力は、時に暗殺任務においても有効なものとなる。

マリアナの場合は、それが仕事の成否に繋《つな》がるので、極限まで磨《みが》き上げてきたのだろう。

「三つ星《トリプル》の貴族みたいですし、きっと何不自由のない人生を送ってきたのでしょう……。憧れてしまいます」

何不自由のない人生か。

まあ、彼女の華やかな容姿と肩書きを見れば、誰もがそういう想像を抱くのも仕方がない話だろう。

だが、実際は違うな。

十代前半の頃には、既に暗殺者《アサシン》として、数多《あまた》の要人を手にかけていたマリアナが過酷《かこく》な人生を送ってきたことは想像に難くない。

「も、もしかして……。アルスくん……。あの女性とお付き合いをしているのでしょうか？」

「……そんなはずないだろ。単なる腐れ縁だ」

「そ、そうですよね。まあ、年も離れていますし。せいぜい近所のお姉さん、という感じでしようか」

「…………」

まったく、人の気を知らないで好き勝手なことを言ってくれるな。

俺にとって、マリアナは、組織の良き先輩であり、魔法の師のような存在なのだ。

だが、レナに知られると面倒なことになりそうなので、初めての『魔力移し』の相手であったことは、黙っておいた方が良いだろう。

～～～～～～～～～～～～～～

でだ。

そうこうしている内に、列車の旅はスタートした。

「うーん。美味《おい》しい！　綺麗な景色を見ながら、食べるケーキは格別ですね！」

窓側の席に座ったレナは、皿の上に山盛りにしたケーキを片手に上機嫌な表情を浮かべていた。

苺《いちご》のタルト、チーズケーキ、チョコレートのムース、などなど。

相変わらずレナの食欲は、底無しのようである。


「ファルスくんも、ふぉひとつ、どうれすか？」


やれやれ。はしたない奴だ。

この女、口にものを入れたまま勧めやがって。

これでは、どちらが貴族で、どちらが庶民なのか分かったものではないな。


「おい。本来の目的を忘れたわけではないだろうな？」


溜息を吐いた俺は、さっそく本題を切り出してみることにした。

レナがこのパーティーに参加した目的は、理由もなく学園を休んでいるルウの様子を心配してのことであった。

だがしかし。

先程から探してはいるのだが、当のルウはというと、俺たちの前に姿を見せてくれていない。

「ゴクンッ……。わ、分かっていますよ。それくらい」

果たして本当だろうか。

口の周りに生クリームをつけて喋《しゃべ》っても、説得力がまるでないぞ。

「仕方がないじゃないですか。まさか、ここまで警備が堅固とは思ってもいませんでした……。完全に手詰まり状態です」

レナが匙《さじ》を投げたくなる気持ちは分からなくもない。

どうやら今回のパーティーは、車両ごとに各種の入場制限が設けられているらしい。

具体的にいうと、第一車両から第二車両がＶＩＰルーム、第三車両が三つ星《トリプル》、第四車両が二つ星《ダブル》、第五車両は一つ星《シングル》以下、という風な感じである。

「知っていますか？　ワタシたちのいる第五車両は、料理のランクも一番低いらしいのです！

まったく、許しがたい悪行ですよ！」

お前、さっきまで美味しそうにケーキを食べていなかったか？

とツッコミを入れたい気持ちをグッと我慢する。

「はあ……。ルウは何処《どこ》にいるのでしょうか……。高位の貴族でないと先に進めないなんて理不尽過ぎます」

どうして今回の任務、組織の人間が三人も派遣されたのか？

その理由がようやく分かった気がする。

おそらく各車両に均等に警備の目が行き届くよう、二つ星《ダブル》のサッジや、三つ星《トリプル》のマリアナの力が必要だったのだろう。

「あの子は今、凄《すご》く不安定な状態ですから。誰かが傍にいてあげないとダメなのです……」

たしかに今のルウを、ジブールと一緒にしておくのは危険な気がする。

事情は分からないが、森で修業をしていた時からルウは時々、何かに追い詰められているような表情をしていたからな。

「ルウがいるとしたら、ここだろうな」

そう言って俺が指さしたのは、列車内部図のＶＩＰルームであった。

この場所は、ランドスター家の親族しか出入りできないエリアらしい。

ジブールの許嫁《いいなずけ》という扱いを受けているルウならば、この場所にいる可能性が最も高いだろう。

「……警備が緩《ゆる》んだ隙《すき》を衝《つ》いて、なんとか入れないでしょうか？」

難しい相談である。

俺たちのいる第五車両はＶＩＰルームから一番離れた場所にあるのだ。

周囲の人間たちの視線を掻《か》い潜《くぐ》ってルウに会いに行くのは、ハードルが高そうであった。

「わっ！　見てくださいアイ！　大きな山が見えてきましたよ」

そうこうしている間に列車は、山の麓《ふもと》に到着したようだ。

列車は急激にスピードを下げて、トンネルの中に入っていく。

車内は一転して、闇の中に包まれる。

「こ、これは……!?」

トンネルの中に入ってから暫《しばら》くの後。

俺たちの視界に入ってきたのは、なんとも神秘的な光景であった。

ふむ。

コイツを見るのは随分《ずいぶん》と久しぶりな気がするな。

トンネルの暗がりを淡く照らしていたのは、体長五センチくらいの七色に光る無数の昆虫であった。

「不思議な光ですね。何かの生物がいるのでしょうか」

この生物に出会うのは、修業の一環として親父《おやじ》に山奥に置き去りにされた時以来である。

「電光虫。暗闇の中でしか生きられない魔法生物の一種だな」

「綺麗《きれい》な光……。見ているだけで吸い込まれてしまいそうです」

どうやらレナは、電光虫のことを何も知らないようだ。

この電光虫は、遠目に見ている分には美しい生物なのだが、間近で見ると、生理的な嫌悪感を煽《あお》る不気味な姿をしている。

もっとも、今そのことを話すのは野暮《やぼ》というものだろう。

「アルスくん。もしかして今、この状況は、第二車両に移動するチャンスではないでしょうか？」

ふむ。たしかに、レナの言葉にも一理あるかもしれないな。

「へえ。これは凄い眺めだな～」

「流石《さすが》はランドスター家のパーティー。素敵な計らいをしてくれるのね」

乗客たちは、すっかり電光虫たちの光に目を奪われているようである。

この状況であれば、比較的簡単に車両間の移動が可能かもしれない。

「…………！」

異変が起きたのは、そんなことを考えた直後のことであった。

ふむ。

どうやら状況が変わったようだな。

楽しいパーティーの時間は、今この瞬間に幕を閉じたようである。

車両の前方から、何やら不穏な気配を感じ取ることができた。

「いや。慌てなくても、チャンスなら直ぐに廻ってくると思うぞ」

どうやら今回のパーティーは、『アタリ』のようだな。

敵の数は四人、といったところか。

俺一人なら十分に対応できる戦力であるが、乗客を守りながら戦うことを考えると、多少は難易度が上がるかもしれない。

「えっ……。それは一体どういう意味……？」

レナが不思議そうに尋ねてきた次の瞬間。


バリッ！

バリバリバリリリンッ
突如として窓ガラスが割れる音が鳴り響く。

ふむ。

どうやらトンネルの中に入って、列車が徐行した隙《すき》を見計らって、侵入してきたようだな。

事前に周到な準備をしていたとしか考えられない出来過ぎたタイミングである。

「動くな！　両手を上げて、オレたちの指示に従ってもらおうか！」

窓ガラスを割って侵入してきたのは、黒色の服を身に纏《まと》った四人の男たちである。

この様子だと別車両にも、何人か侵入していると考えた方が良さそうだな。

サッジ、マリアナが警護についているので特に問題ないはずではあるが。

「な、なんですか……！　あの人たち……!?」

テロリストの出現を受けたレナは、戸惑いの声を上げている。

「おいおい。なんだよ。ありゃ……？」

「物騒なことしやがって。酔いが冷めちまったじゃねーか！」

他の乗客たちも同様である。

中には、今回の出来事をまるでパーティーの余興か何かと捉えている人間もいるようであった。

「オイコラ！　庶民！　これは一体どういう真似《まね》だ⁉」

男たちの襟《えり》に星が付いていないことを確認した乗客の一人は、酒の入った覚束《おぼつか》ない足取りでテロリスト集団に歩み寄っていく。

「動くな、と、オレたちは言ったはずだが？」

冷たく呟《つぶや》いた男は、躊躇《ちゅうちょ》なく銃のトリガーを引く。

「ガッ……！」

男の放った九ミリの弾丸は、乗客の頭を通過して、周囲を赤色に染め上げる。

ふむ。

この男たち、相当、殺しに慣れているようだな。

単なるゴロツキとは思えない。

殺しの訓練を受けた正真正銘《しょうしんしょうめい》のプロのようである。

「嘘……だよね……!?」

「コ、コイツ……。殺しやがったぞ!?」

この状況を受けて、パニックに陥《おちい》ったのは、パーティーに集まった乗客たちである。

テロリストに銃を向けられた乗客たちは、すっかりと身を竦《すく》めて怯《おび》えている。

「静かにしろ！　死にたくなければ、オレたちの言うことに従え！」

「安心しろ。大人しくしていれば、撃ちはしないぜ！」

やれやれ。

すっかりとテロリストに場の雰囲気《ふんいき》を支配されてしまったようだな。

彼らの目的、動行を観察するためにも、暫くは一般客として振る舞っておくのが得策というものだろう。

「それでは、これより我らが主より、有り難い言葉を送るとしよう」

男が意味深な言葉を告げると、車内に備え付けられたモニターに、一人の男の姿が映し出された。

『諸君。ごきげんよう』

薄暗い部屋で佇《たたず》んでいる男には見覚えがあった。

レクター・ランドスター。

ランドスター家の当主であり、今回のパーティーの主催者であった。

だがしかし。

腑《ふ》に落ちないことがある。

レクターの背後の壁には、《逆さの王冠《リバース・クラウン》》のエンブレムが彫られていたのだ。

一体何故？

どうして大貴族であるレクターが《逆さの王冠《リバース・クラウン》》を名乗っているのか。

今のところ、その理由を探る材料を見つけることはできなかった。

『此度《こたび》はワタシの開いたパーティーに参加頂き、感謝しよう。どうか今日という日を心より楽しんで頂きたい』

上機嫌にレクターが語ったその直後、車内の映像は切り替わる。

『こちらを見てほしい！　突然だが、キミたちの乗る列車に爆弾を仕掛けさせてもらった！』

「「…………!?」」

乗客たちの間に緊張が走る。

モニターに映し出されたのは、見たことのない種類の魔法兵器の映像であった。

『この爆弾は特別製でね。列車の速度が時速80キロを下回ると、起動するように細工《さいく》してあるのです。仕掛けた火薬の量は１０００トンを下りませんよ』

ふむ。

どうやら嘘を吐いているわけではないようだな。

それとなく周囲の様子を探ってみると、それらしい不穏な魔力の気配を感じ取ることができた。

『このまま走行を続ければ、ものの三十分としない内に駅に着く。減速せざるをえない列車は、やがてドカンだ！　想像してみてほしい。痛みを感じる間もなく、バラバラに弾け飛ぶキミたちの姿を……！』

こちらも概《おおむ》ね嘘はないだろう。

走行ルートを計算すると、この列車は王都の周囲をグルリと一周して、中央区画の駅に戻ってくる。

途中で減速することができなければ、想像もつかない数の犠牲者《ぎせいしゃ》が出ることになる。

「ふざけるな！　一体、なんのためにこんな無意味なことをするんだ！」

恐怖もあるが、怒りの感情が上回ったのだろう。

乗客の一人がレクターに叫ぶ。

『ふふふ。無意味、とは酷《ひど》い言い方ですね。組織復活のための贄《にえ》として利用しようというのですから。感謝をしてほしいくらいですよ』

どうやらレクターは、車内の声を拾うことができるようだな。

たしかに《逆さの王冠《リバース・クラウン》》の復活を世間に印象付けるのに、またとない好機となるだろう。

『それでは、皆様、ごきげんよう。どうぞ快適な列車の旅を楽しんで下さい』

車内の映像は、レクターがワイングラスを片手に上機嫌に笑ったところで途切れた。

ふむ。

これは厄介《やっかい》なことになったな。

幸いにも今回は第四車両にサッジ、第三車両にはマリアナが乗り合わせている。

車内に紛《まぎ》れ込んでいる刺客《しかく》については、なんとかなるだろう。

だが、ここで問題になってくるのは、どうやって爆発物を起動させずに列車を停めるかである。

これぱかりは列車の中をくまなく調べてみないことには判断がつかないな。

「さあ。パーティーの時間だ。地獄への片道キップだぜ！」

映像が途切れたのが合図かのように、手にした銃で威嚇《いかく》しながらテロリストは咆《ほ》える。

地獄への片道キップとは言い得て妙だな。

高速で走行を続ける列車の中は、言うなれば『動く牢獄《ろうごく》』と化している。

おそらく、テロリストたちは最初から、列車と共に命を投げ出すつもりでいるのだろう。

やれやれ。

組織のために自ら進んで命を捧げるとは、大した心構えである。

「させません！」

この状況を受けて、真っ先に反撃に移ったのはレナであった。

「戦いましょう！　アルスくん！」

言いつつ、レナは得意の火属性魔法を発動する。

ふむ。

どうやらこの魔法は、威力を落とす代わりに発動スピードを向上させるもののようだ。

魔法のこういう応用の仕方は教えたつもりはないのだが……。

案外、コイツは戦闘の中で成長する実戦タイプの人間なのかもしれない。

「おっと！　威勢の良い嬢ちゃんだな！」

不意の一撃を回避した男は、余裕の笑みを浮かべる。

「狙いとしては悪くなかったが、残念だったな。このオレが嬢ちゃんのような――」

「てりゃあああああああ！」

男の言葉を待たず、《身体強化魔法》を使用したレナが敵に向かって接近する。

「なにっ――!?」

相手を格下と見て、侮《あなど》っていたのだろう。
予想に反し、レナの動きは素早かった。
スカートの下から伸びたレナの白い足が、男の顎《あご》にヒットする。

「ぐふっ！」

会心の一撃。
レナの蹴撃《しゅうげき》を受けたテロリストは、食器が置かれたテーブルに体ごと突っ込んでいった。

「や、やりました！」

まさかこんなに早く訓練の結果が出るとは思ってもいなかったのだろう。

確かな手応えを感じたレナは、心の中でガッツポーズを取っているようだった。

属性魔法の扱いではルウに見劣りするレナであったが、身体強化魔法に関しては評価が逆転する。

この魔法はもともと、あまり物事を深く考えず、直感的に動ける人間の方が向いていることが多いのだ。

「畜生《ちくしょう》！　舐《な》め腐りやがって！」

ふむ。流石《さすが》に一撃で仕留めるのには、威力が足りないようだな。

素早く上体を起こしたテロリストは、レナに向かって銃口を向けた。

「油断は禁物だぞ。レナ」

「────ッ!?」

素早く危険を察知した俺は、敵の銃を蹴《け》り飛ばしてやることにした。

魔法を使って対処をした方が楽かもしれないが、今回は体術を主体に対応をしていくことにしよう。

爆発物が何処《どこ》に仕掛けられているか分からないからな。

今回の仕事では、威力の高い魔法を使うのは、避けた方が良いだろう。


「このくそっ！」


遅いな。

武器を奪われたテロリストが魔法陣の構築を始めたようだが、俺にとってはハエが止まるようなスピードである。

俺は敵が魔法を発動するよりも迅《はや》く、テロリストの頭部に蹴りを食らわせてやることにした。


「ぐぬおっ⁉」


命を奪わないのは、決して優しさからではない。

後々の情報収集に役立つと考えたからである。

並みの魔法師であれば、これだけダメージを与えれば、まともに戦うのは不可能だろう。

「レナ。後ろの敵は任せられるか？」
「分かりました」

敵の数は前方に三人。後方に一人だ。
見たところ後方の敵は、銃を携帯していないようなので、レナに任せてしまっても構わないだろう。

「ぎゃっ」「ぐわっ」「ふごっ」

男たちの悲惨《ひさん》な声が立て続けに上がっていく。
この程度の相手であれば、属性魔法を使用するまでもない。
初歩的な身体強化を使用することができれば、十分に制圧は可能だろう。

「たあああぁぁぁ！」

どうやらレナの方も無事に制圧できたみたいだな。

今度は力の乗った良い蹴りである。

レナに蹴り飛ばされた男は、壁に寄り掛かったまま、伸びているようだった。

「お前は……。お前たちは一体……何者だ……？」

まさか偶然に乗り合わせた子供たちに、後れを取るとは思ってもいなかったのだろう。

ダウンを取られた男は、苦悶《くもん》の表情でそう尋ねる。

「魔法学園の生徒だ」

「残念ですが、貴方《あなた》たちの目論見《もくろみ》は潰させてもらいます！」

この状況では、組織の肩書きを名乗るわけにはいかないからな。

その時、俺が思い出したのは、入学式の時、学園長のデュークから受けた言葉であった。

王立学園の校訓第七条。

魔法の才を持って生まれた人間は、持たざるものたちを守るために死力を尽くすこと、か。

今回の事件に関しては学生を名乗り、学生として解決していくより方法がないようだ。

〜〜〜〜〜〜〜〜〜〜〜〜〜〜

それから。

無事にテロリストを倒した俺たちは、第四車両に繋《つな》がる連結部分にいた。

「あれ……？　この扉……！」

ドアの取っ手を摑《つか》んだレナは困惑していた。

ふむ。

どうやら第四車両に繋がる扉は、既に閉ざされているようだな。

通路が分断されたことにより、仲間たちとの連絡を絶たれてしまったというわけか。

魔法を使って、扉を壊すことは簡単である。

だがしかし。

どこに爆発物が仕掛けられているか分からない状態では、強引な真似《まね》は避けた方が良さそうだ。

「どうしましょう。このままだとルウが危ないです……」

たしかに、ルウの様子が心配だ。

第四車両にはサッジ、第三車両にはマリアナがいるが、第二車両から先は《ネームレス》のメンバーが護衛に当たっていないのだ。

やれやれ。

こうなった以上は仕方がない。

教え子を守るのも、コーチの役目というものだろう。

そう考えた俺は、近くの窓から身を乗り出した。

「アルスくん……！　一体何を……！」

俺は列車の屋根に登った。

いくら厳重に扉の鍵《かぎ》がかかっていようと関係がない。

晴天の下にある列車の屋根は、全ての車両に繋がる唯一の通路である。

この道を辿《たど》っていけば、他の車両に最速で到着することができるだろう。

「直ぐに戻る。お前はここに残って、乗客たちの様子を見ていてくれ」

ふう。

流石《さすが》は現代魔法の粋《すい》を集めて作られた列車だな。

なかなかのスピードである。

身を切るような強い風が俺の体を次々に打ち付けていく。

高速で移動を続ける列車の屋根は、一歩間違えたら命を落としかねない危険な場所であった。

「ワ、ワタシも行きます！　友達ですから！」

おいおい。

相変わらずに人の言うことを聞かないやつだな。

俺の動きを真似すれば、簡単に列車の屋根に登れると考えたのだろう。

ドレスの裾《すそ》を捲《まく》ったレナは、窓の縁に手をかけているようだった。

「あれ……!?」

そらみたことか。

言わんこっちゃない。

考えなしに列車の屋根に登ろうとしたレナは、さっそく足を踏み外しているようであった。

「よっと」

俺はバランスを崩したレナの体を引き上げて、支えてやる。

危なかった。

ここから転落すれば、致命傷を負うことは必須《ひっす》である。

身体強化魔法で耐性を上げても無駄だろう。

あと少し、反応が遅れていたら取り返しがつかない事態に陥《おちい》っていただろう。

「大丈夫か？」

声をかけてやると、レナの表情が悔《くや》しさに滲《にじ》んでいるのが分かった。

「……ごめんなさい。いつも迷惑かけてしまって」

やれやれ。

なんて顔をしているんだよ。お前はさ。

「焦る必要はない。お前の魔法は、まだまだ発展途上だからな」

現時点でのレナの実力では、戦闘で役に立つことはないだろう。

だがしかし。

魔法の才能と行動力に関しては、俺も認めるところだからな。

今は力及ばずとも、根気良く訓練を続けていれば、いずれ潜在能力が花開く時が来るだろう。

「ルウは俺が連れ戻す。必ずな」

手短に用件を伝えた俺は、体勢を立て直して、列車の屋根を駆け抜けるのだった。

～～～～～～～～～～～～～～～～

一方、時刻はアルスたちが第五車両で戦闘を開始する二十分ほど前に遡《さかのぼ》る。

ここは、ランドスター家のパーティーの中でも、ＶＩＰルームと呼ばれる第二車両の中であった。

列車が動き出してから程なくして、ルウは先頭車両に侵入を試みていた。

（必ずいるはず……！　この先にあの男が……！）

その時、ルウの脳裏《のうり》に過《よぎ》ったのは、幼いころに父の研究室で見た光景であった。

『レクター！　考え直せ！　お前のやり方は間違っている！』

『マイクさん。貴方《あなた》の考えは甘いのですよ。残念ですが、ワタシは今日限りで抜けさせてもらいます』


レクターはルウの父親、マイク・アルテミシアの愛弟子《まなでし》とも呼べる存在であった。

だがしかし。

正義感の強いマイクと目的のために手段を選ばないレクターとは、水と油のように相容《あいい》れない存在であった。


（許せない。あの男……！）


この世界でルウには許せない人間が二人いた。

一人は、最愛の父親の命を奪った黒服の少年。

もう一人は、父の研究成果を横取りして、三つ星《トリプル》の地位を得たレクターであった。

ルウの家が没落をした要因は、全て、レクターという男にあった。

レクターは自身の進めていた違法な研究の責任を、ルウの父親に被《かぶ》せて、罪人として仕立て上げたのだった。

用心深いレクターは普段、自身の研究室の中に籠《こ》もりがちで滅多《めった》なことでは人前に姿を見せないことで知られていた。

今日のパーティーは、復讐を果たす絶好のチャンスに違いない。

先頭車両に侵入を試みるルウの胸の内には、そんな思惑が存在していたのである。

「キミ、待ちたまえ！」

第一車両に繋《つな》がる小部屋を抜けようとした折、警備の男に呼び止められる。

「ここから先は、招待状を持っている人間しか通すことのできない決まりになっている。確認させてくれるかな？」

小部屋の中でルウに声をかけたのは、齢《よわい》四十くらいの屈強な男であった。

「招待状ですね。待って下さい」

「…………」

実のところ、ルウは招待状を持っているわけではなかった。

この第一車両に足を踏み入れることができるのは、レクターが許可をした人間に限るとされている。

ルウが移動できるのは、アルスたちのいた第五車両から、ここ、第二車両までのエリアだけであった。

「……ごめんなさい。おじさん」

静かに呟《つぶや》いたルウは、魔力を込めた素手で男の首筋に打撃を食らわせる。

「うぐっ……！」

ルウの手刀を首筋に受けた警備の男は、力なく床の上に転がった。

（……驚いたな。アルスくんから習った魔法が、こんなところで役に立つなんて）

己の身体能力を上げる身体強化魔法は、ここ最近になって、アルスから教えられたものであった。

ルウが『対人魔法』に拘《こだわ》ったのは、この日のことを見越していたからだった。

何はともあれ、これで邪魔者はいなくなった。

周囲の警戒を続けながら、ルウは第一車両に足を踏み入れる。

（あれ……？　どうして人がいないの……？）

その時、ルウは自分の眼を疑った。

賑《にぎ》やかな第二車両から一転、どういうわけか、第一車両には人の気配がなかった。

もしかしたら何かの罠《わな》かもしれない。

だがしかし。

ルウの中には既に引き返すという選択肢《し》はなかった。

胸の中に疑念を抱きながらルウは、第一車両の奥に歩みを進めていく。

次の瞬間、ルウの視界に入ったのは、意外過ぎる人物であった。

「…………!?」

予想外の人物を目《ま》の当たりにしたルウは思わず、呆然《ぼうぜん》と立ち尽くしてしまう。

「やあ。ルウ。よく来てくれたね」

何故ならば——。

そこにいたのは、クラスメイトのジブールの姿であったからである。

「ど、どうして貴方がここに……?」

今までは毎日のように執拗《しつよう》に付き纏《まと》っていたジブールであったが、ここ最近はすっかりと姿を見せなくなっていた。

不審に思ってはいたのだが、レクターの暗殺を企《くわだ》てていたルウは、ジブールのことを考える余裕がなかったのである。

「どうして、とは、つれないじゃないか。ボクはこんなにもキミを想っているというのに」

「〰〰〰〰ッ！」

ジブールの視線を受けたルウは、恐怖で身を竦《すく》ませる。
今まで知っていたジブールと、目の前の男が同一人物だとは思えない。
全身から薄気味悪いオーラを放つジブールは、豹変《ひょうへん》しているかのようだった。

「さあ。おいで。ルウ。たっぷりと可愛《かわい》がってあげるよ」

「────ッ！」

身の危険を感じたルウは、咄嗟《とっさ》に魔法の構築を開始する。
ルウが使用した《氷結矢《アイスアロー》》は、彼女が最も得意とする属性魔法である。
速度、威力、共に申し分のない渾身《こんしん》の魔法だった。

「おっと」

だがしかし。

ルウの放った《氷結矢《アイスアロー》》は、ジブールに命中する前に受け止められてしまう。

「未来の伴侶《はんりょ》に攻撃するとは……。キミはいけない子だねぇ……」

驚いたことにジブールは、《氷結矢《アイスアロー》》を指の間に挟んで余裕の笑みを浮かべていた。

（どうして……!?　私の魔法は完璧《かんぺき》だったはずなのに……!?）

ルウの眼から見て、ジブールの実力は決して優れたものではなかった。

保有ＳＰ《スクールポイント》こそはアルスに次ぐ二番手の位置につけるジブールであったが、実技試験の成績はいまひとつだ。

――単純な実力であれば絶対に負けることがない。

だからこそルウは、少なくとも今の今までそう考えていたのであった。

「どうして、という顔をしているね。そんなにボクの実力を侮《あなど》っていたのかい？」

「…………！」

考えていることを当てられたルウは、ビクリと肩を震わせる。

「……そうか。キミもそうなのか。腹の中では、ボクを笑っていたのだね」

自身のコンプレックスを刺激されたジブールは、益々《ますます》と表情を歪ませる。

「ハハッ！　どいつもこいつも！　バカにしやがって！」

高笑いしたジブールは、床を大きく蹴《け》ってルウに接近する。
次にルウの視界に入った光景は、あまりに予想外のものであった。
どういうわけかジブールの筋肉は膨張《ぼうちょう》して、見るものを畏怖《いふ》させるような異形の姿に変えていたのである。

膨《ふく》れ上がった筋肉の鎧《よろい》は、まるで自らのコンプレックスを覆《おお》い隠すために作られたかのようなものであった。

「さて。ルウ。お仕置きの時間だよ。今日という今日は、どちらが『上』か、たっぷりと分からせてあげるからね」

「～～～～！」

ドレスの襟元《えりもと》を摑《つか》まれて、吊るし上げられたルウは、苦悶《くもん》の表情を浮かべる。

抵抗しようと試みるも、手足を動かすことがまったくできない。

ジブールの豹変ぶりは既に『身体強化魔法』の範疇《はんちゅう》を超えており、『異能』と呼んでも差し支えないものであった。

（クッ……。苦しい……）

酸素の供給が絶たれて、上手《うま》く思考がまとまらない。

そうこうしているうちにジブールは、ルウのドレスを乱暴に剝《は》ぎ取っていく。

「いいねぇ。恐怖に歪むキミの顔。実に興奮するよ」

「〰〰〰ッ！」

慌てて魔法で反撃を試みようとするルウであったが、描いていた魔法陣は、バチバチと音を立てて崩れていく。

魔法陣の構築とは、高度な集中力を要するものなのだ。

恐怖に怯《おび》えて、痛みに耐えている今の状況では、万全な時の十分の一ほどの力も発揮できないのであった。

（助けて……誰か……）

恐怖がピークに達したルウが瞼《まぶた》を閉じようとした直後のことであった。

突如として銃声。

弾丸を受けたジブールは、バランスを崩した。

「ウグッ……！」

苦悶の声を上げたジブールの両腕からは力が抜けて、ルウの体は一時的に解放された。

「ふむ。思っていたよりも、随分《ずいぶん》と硬いな」

その時、視界に飛び込んできた光景に、ルウは思わず自分の目を疑った。

何故ならば――。

そこにいたのは黒色のタキシードに身を包んだ少年――。

いつもとは雰囲気《ふんいき》の異なるアルスの姿があったからである。

8話 ― 魔導列車の攻防

少し、驚いたな。

意外なところで、意外な人物に出会ってしまったものである。

車両の屋根を伝って、第一車両の様子を覗《のぞ》いてみると、そこにいたのはピカピカのシャツを身に纏《まと》ったジブールの姿であった。

ただし、その様子には以前までの面影《おもかげ》は見られない。

DD《ディーツー》か、それに準ずる薬物を使っているのだろうか。

異様に筋肉を膨張《ぼうちょう》させたジブールは、生身の状態で銃弾を弾くまでに戦闘能力を向上させているようだ。

「ククク。久しぶりだねえ。ア～ルスくん♪」

俺の姿を一瞥《いちべつ》したジブールは、薄ら笑いを浮かべていた。

「ルウ。よ～く、見ておくのだよ。そこにいる庶民《しょみん》とボク。どちらが男として上なのか。キミの目の前で証明してあげるから」

「…………！」

身勝手な主張を口にしたジブールは、言うが早いか俺に向かって突進してくる。

迅《はや》いな。

やはり以前までのジブールとは、まるで別人と考えておいた方が良さそうである。

俺は敵の攻撃を躱《かわ》すと、続けざま、ジブールに向かって銃弾を撃ち込んでいく。

「ハハハ！　遅い！　遅い！」

ふむ。

魔力を込めて強化した弾丸すらも弾き返すのか。

これは生半可《なまはんか》な攻撃では、ダメージを与えることができなさそうだな。

「ヒャハハハ！　どうした庶民！　お前の力はその程度か！」

単なる身体強化魔法では、これほどまでの力を得ることは不可能だ。

異様に発達したジブールの筋肉は、『異能』と呼んで、差し支えのないものであった。

やれやれ。

かといって強力な魔法を使用すれば、列車の中の爆発物を起動させかねない。

まったくもって、面倒な状況に陥《おちい》ってしまったものである。

「ふんっ！　ちょこまかと！」

俺は列車の吊り革を利用することによって、車内を三次元に移動し、敵の攻撃を避け続ける。

ふむ。

これは普通に戦って倒すのは骨が折れそうだ。

仕方がない。

これは小細工《こざいく》を仕掛けておく必要がありそうだな。

付与魔法発動――《耐久力低下》。

そこで俺が使用したのは、物体の構造を脆《もろ》く作り変えることのできる特殊な付与魔法であった。

対象となるのは、列車の床を伝った先にある第二車両との連結部分である。

「そこだああああああああああああ！」

ふむ。

流石《さすが》に魔法を使っている状態で、敵の攻撃を避けることは難しいかもしれないな。

ジブールの拳を全身で受けた俺は、ルウのいる方角に向かって、吹き飛ばされた。

「アルスくん!?」

ルウの悲痛な叫び声が列車の中に木霊《こだま》する。

やれやれ。

なんていう声を出すんだよ。お前はさ。

敵の攻撃を受けて、飛ばされるところまで想定の範囲内である。

ようやく、この面倒な相手を倒す準備を整えることができるのだ。

俺がいるからには、なんの不安を抱く必要もないだろう。


ガタガタッ！

ガタガタガタガタッ！


ふむ。

ようやく効果が現れたようだな。

その瞬間、列車の中は激しい振動に包まれて、吹き飛ばされそうになるほど強烈な力が働いた。


「な、なんだ！　これは⁉」


なんてことはない。

先程、使用した《耐久力低下》の効果が現れてきたのだろう。

俺は、第一車両と第二車両を繋《つな》ぐ連結部分を劣化させることによって、車両の分断を図ったのである。

バキッ！

バキバキバキバキッ！

第二車両以下を切り捨てられたことにより、魔導列車のスピードが加速度的に上昇していく。

時速にすると既に２００キロ近いスピードが出ているだろう。

このまま移動を続けていけば、予定を遥《はる》かに切り上げて終着地点に到着することになりそうだ。

スピードを上げる第一車両とは対照的に、動力源を失った第二車両以下は、たちまち減速していく。

「キャッ……！」

ルウの体がフワリと宙に浮いて、外が剝《む》き出しとなった第二車両に向かって吸い込まれていく。

「大丈夫か？」

間一髪《かんいっぱつ》のところで俺はルウの手を摑《つか》んでやることに成功する。

「う、うん……」

「しっかりと摑まっていろよ。絶対に手を離すな」

列車は今もものの凄《すご》いスピードで加速を続けている。

もしも外の世界に放り出されれば、即座に命を落とすことになるだろう。

「ど、どういうことだ……。何故、爆発しない……！」

この状況に、怪訝《けげん》な表情を浮かべたのはジブールであった。

理由は、至極《しごく》シンプルなものである。

　俺たちの乗っている魔導列車に仕掛けられた爆発物は、ある一定の速度まで減速することで爆発する仕組みになっていた。

　だが、ここに来るまでの道のりで入念に調べさせてもらった。

　列車の天井部に仕掛けられていた感知センサーは、既に俺が全て破壊した。

　つまり今現在、車両に仕掛けられている爆発物は、外部から強い刺激を与えない限りは起爆しないようになっているのだ。


「…………ッ！」


　そうこうしているうちに列車が市街地に突入したようだ。

　動力源を失った第二車両以下は、そのうち停止することになるだろう。

　問題なのは、今も尚、高速で移動を続ける俺たちの乗車している第一車両である。

「バカな真似《まね》を！　このまま加速を続ければ、お前も一緒に地獄に堕《お》ちることになるんだぞ！」

ジブールの言葉を否定することが出来ない。

終着地点の駅に到着するまで残された時間は残り一分、といったところだろうか。

流石《さすが》にこの速度で脱出を試みれば、俺であっても無事では済まないだろう。

「いや。地獄に堕ちるのはお前ひとりだ」

ルウを抱えながら、俺はポケットの中から銃を抜く。

氷結弾《アイシクルバレット》。

弾丸に水属性の魔法を付与するこの技は、主に足止めに使用するものである。

「ふんっ！　こんな子供騙《だま》しがボクに効くとでも！」

もっとも、今のジブールであれば、そう時間をかけずに氷の束縛《そくばく》から抜け出すことができるだろう。

だがしかし。

俺にとっては、ほんの数秒の時間を稼《かせ》ぐことができれば十分なのだ。

「ルウ。少しの間、俺を信じてついてきてくれるか？」

「えっ……!?」

返事を待たずに俺は、地面から足を離す。

強烈な負荷がかけられた俺たちの体は、宙に浮いて、外に向かって放り出された。

「なにぃ――!?」

この動く牢獄《ろうごく》から抜け出す方法が一つだけある。

花嫁大橋《ブライダル・ブリッジ》。

王都最大の巨大運河に飛び込めば、落下の衝撃を最小限に留めてやることができるだろう。

「アルスくん……！　ここは……！」

早くもルウは俺の狙いに気付いたようだ。

いくら水の上とはいっても、この高さから落ちれば、相当な衝撃を受けることになるだろう。

危険を察知したルウは、俺の体を強く抱き締める。

俺たちの体は、水深のある運河に向かって落ちていく。

「クソッ！　クソオオ！」

ジブールの叫び声が空高くに響き渡る。

それから暫《しばら》くすると、王都の中心部に大きな爆炎が打ち上がった。

―エピローグ―　花嫁大橋《ブライダル・ブリッジ》の告白

それからのことを話そうと思う。

間一髪《かんいっぱつ》のタイミングで、花嫁大橋《ブライダル・ブリッジ》から巨大運河に向かって飛び込んだ俺たちは、近くにある河川敷に流れ着いた。

やれやれ。

一時はどうなることかと思ったが、なんとか事なきを得たようだな。

動力源を失った第二車両以下は、花嫁大橋《ブライダル・ブリッジ》の手前で停止したようである。

俺が予想していたよりも随分《ずいぶん》と早く、列車の暴走を食い止めることができたようだ。

おそらくサッジとマリアナが、列車を停めるために上手《うま》く立ち回ってくれたのだろうな。

「ルウ。怪我《けが》はなかったか？」

随分とボロボロのお姫様がいたものだな。

おそらくジブールと対峙《たいじ》していた際にドレスを破られたのだろう。

ルウの肌は露出して、あられもない姿になっていた。

「ねえ。アルスくん。聞いても良いかな？」

着ていたジャケットを被《かぶ》せてやると、何やら改まった様子でルウがポツリと呟《つぶや》いた。

「アルスくんって、一体何者なの……？」

普段の冗談めかした飄々《ひょうひょう》とした態度から一転。

ルウの顔つきはいつになく真剣なものに変わっていた。

「どういう意味だ？」

「こんなこと、絶対におかしいって思うのだけど……。アルスくんの姿が……。三年前、パパを殺した男と重なって見えたの……」

「…………」


なるほど。

流石《さすが》に勘が鋭いな。この女は。

いかにも。

三年前、組織の命により、ルウの父親を殺したのは他でもない俺自身である。

その時、俺の脳裏《のうり》を過《よぎ》ったのは、三年前に王都郊外にある研究施設に忍び込んだ夜のことであった。


『お願いだ。許してくれ。ワタシには守らなければならない妻子がいるんだ！』


やれやれ。

俺としたことが嫌な記憶を思い出してしまったな。

あの時、殺した男の顔立ちは、たしかに何処《どこ》かルウに似ているように思える。

——ルウの父親が本当に殺されてしかるべき罪を犯していたのか？

今となっては、確認するのは難しいだろう。

だが、俺にとっては、どちらでも良い問題である。

元より俺は、自分が『正義』の側にいると思ったことは一度もない。

俺の仕事は、組織に命じられるままに人を殺すことでしかないのだから——。


「お前の父親を殺したのは俺だ」

「…………!?」

「そう言ったら、信じてくれるか？」

「…………」

ものは試しに本当のことを言ってみる。

ルウは『どう反応すれば良いのか分からない』といった感じの、困惑した表情を浮かべていた。

「……そんなこと、分からないよ。アルスくんは私にとって命の恩人で、とてもとても大切な人だから」

やれやれ。

辛《つら》い思いをするくらいなら最初から尋ねなければ良いものを。

その様子があまりに不憫《ふびん》だったので、俺はルウの体をそっと抱きしめてやることにした。

「……冗談だ。今言ったことは、全て忘れてくれ」

そうだな。

俺の抱いている秘密を一介《いっかい》の学生に背負わせるのは、あまりにも荷が重過ぎる。

俺が王室御用達《ロイヤルワレント》の暗殺者《アサシン》だということは、もう暫く秘密にしておいた方が良さそうである。

あとがき

柑橘《かんきつ》ゆすらです。

『王立魔法学園の最下生』、第二巻如何《いかが》でしたでしょうか。

今回は前々から書いてみたかった列車バトルの回となっております。

表紙のヒロインは、レナなのですが、内容的にはガッツリ、ルウがメインとなっています。

次に発売する三巻は、逆にルウが表紙で内容的にはレナがメインになっていく予定です。

この巻に限った話ではないのですが、ライトノベルの表紙のヒロインがストーリーのメインになるとは限らないのが不思議なところですよね。

この作品のヒロインであるレナとルウは、ユニークな位置付けでして、レナの方がメインヒロインっぽい書き方ではあったのですが、主人公と先に親密になったのはルウという感じになっています。

どうしてこのような書き方になってしまったのかというと、作者の逆張り病が発症した結果となっています（笑）。こういう書き方をしてしまったので、ヒロイン同士のパワーバランスをとっていくのが非常に難しい作品になってしまいました。ナンテコッタ。

（コミックの宣伝）

この本の発売日は4月23日なのですが、4月19日に待望のコミカライズの第一巻が発売しました。

『王立』のコミカライズは『週刊ヤングジャンプ』で連載中となっています。

作画を務めてくださっているのは、長月郁《ながつきふみ》先生です。

ヤングジャンプ本誌の編集部が温めていたマンガ家さんだけあって、作画のクオリティは凄《すさ》まじいです。ライトノベルのコミカライズの範疇《はんちゅう》を超えた美麗《びれい》な絵になっています。

最近では、小説の売上げだけではなく、コミックの売上げも連載継続のために重要な要素となっているみたいなので、よろしければ、こちらも応援してもらえると嬉しいです。

それでは。

次の巻でも読者の皆様と出会えることを祈りつつ――。

柑橘ゆすら

「魔法」
この世界の
選ばれた血筋の
人間のみが
使える神秘
王立魔法学園の最下生
～貧困街《スラム》上がりの最強魔法師、貴族だらけの学園で無双する～
覆ることのない
世界の理《ことわり》
持たざる者では
決して扱うことは
できない

王立魔法学園の最下生
~貧困街《スラム》上がりの最強魔法師、貴族だらけの学園で無双する~
原作 柑橘ゆすら 漫画 長月郁
STORY BY KANKITSU YUSURA ART BY NAGATSUKI FUMI

第１話　呪われた子供

王立魔法学園の最下生

～貧困街《スラム》上がりの最強魔法師、貴族だらけの学園で無双する～

バシャア
ハア…やっと捕まえたぞ…
このドブネズミが！
よくもまあ我々の商品を盗ってくれたな！
……

ドカ
今日という
今日は
観念しろ！
ドカ
ドカ
どけ！
私にも
やらせろ！
初めて『盗み』に
失敗したその日
たしかに俺は
自らの『死』を
覚悟していた
ドッ
ドッ
ドンッ

何だ！
その眼は！
我々に
何か文句が
あると
いうのか！
文句ならある
俺はただ腹が減って
死にそうになっていた
だけなのだ
そうでなければ
誰も好んで
盗みを犯しはしない
この
世の中は
不公平だ
俺のような孤児が
死と隣り合わせの
毎日を送る一方で
暖かい部屋で
幸せな日常を
過ごしている
人間もいる

貴族
この世界では生まれながらに恵まれた人間をそう呼ぶらしい
物心ついた時からゴミを漁《あさ》って飢《う》えを凌《しの》いできた
下劣な庶民が！
こいつ等に俺の気持ちは分かるはずがない
死ね！
俺は――
死ぬ？
――そう覚悟したつもりだった

でもこれ以上
負けたくなかった
この世界に
ピクッ
逃げ続けるのは――

もう嫌だ!

うわあああああ！
まっ…魔法!?
どうしてガキが魔法を…!?
魔法は貴族だけの権能《けんのう》ではなかったのか!?
まさか…
お前は…
『呪われた血』か!?
『呪われた血』…？
魔法を使えるのは貴族の家系…
だが庶民の人間が突如魔法の適性を持つことがあると聞いたことがある！
まさかそんな奴が本当に…
おおい待て！
なんだそれ…気味が悪い…！

ハァー
ハァ
次に捕まることがあれば今度こそ命はないだろう
ハァ
ハァー
どこを目指していた訳でもない
ただ闇雲に夜の道を走った

何日も
何日も
何日も――
ズ
ル

視界が霞《かす》む

思考も徐々に
ぼやけていく
ああ
俺はここで――
ハハッ
坊主
これは
酷《ひど》い
有様《ありさま》だな

アバラの骨が折れている
ガタ ガタ
この声…誰だ…
栄養状態も悪いし凍傷が酷いな
指先の感覚は随分前からなくなっているんだろう？
スッ
…坊主2つに1つだ
どちらか好きな方を選べ

このまま野垂《のた》れ死《じ》ぬか
オレに拾われ『人殺し』として生きていくか
……
その時男が言った『人殺し』の意味が俺には分からなかった
だが

このまま寒空の下で身を晒《さら》せば
命がないことくらいは本能的に理解していた
…契約成立だな

お前 名は なんという？
……
ア――
ギッ
ゴホッ
ゲホッ
ゴホッ
意地の悪い男だ
俺の声が嗄《か》れて出ないと気付いているのに尋ねてきたのか

……ア
お前…
グッ
アル…ス…
!

おっと
ドサッ
…そうか
アルスか
お前は今日からオレの息子だ

10年前のあの日
親父に拾われていなければ俺はあそこで死んでいた

ハァ
ハァ
ハァ
そして――
現在
ハァ
ハァ
ハァ
ハァ
くっ
来るな!
やめろおお
おおおお!

ボトッ
俺
アルス・ウィルザードは
裏の世界で魔法師として
暗躍していた

時間や
場所は
問わない
煙と血の臭いで
汚れた場所が
俺の仕事場だ
冗談だろ…？
なんて動き
してやがる！
おい！
あいつを誰か
止め――
チャッ
パ
パ
ぐわっ
ぎいっ
ドサッ
顔も名前も
知らない人間を
命じられるままに
殺していくのが
親父に
与えられた
俺の新しい
生き方である

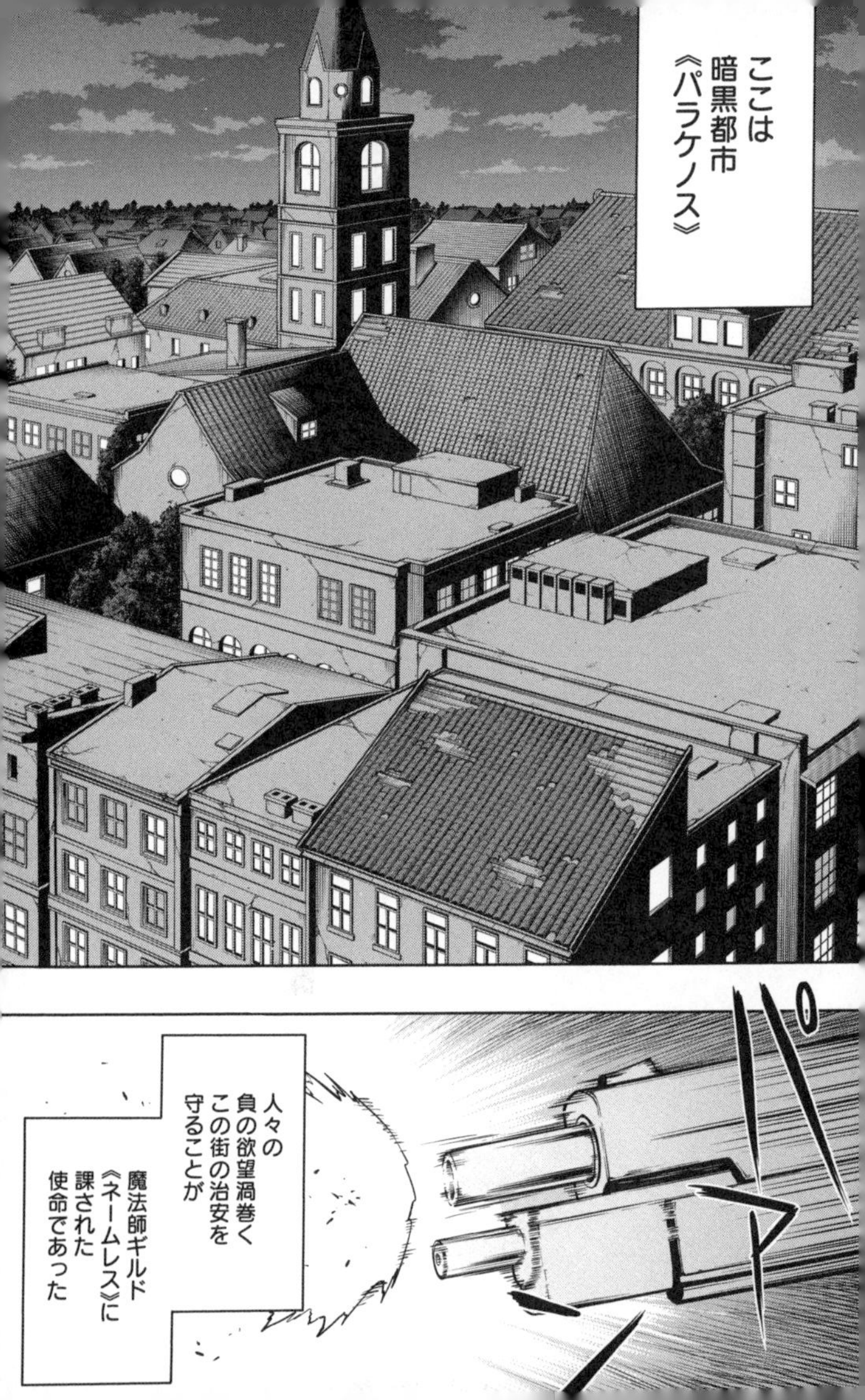
ここは
暗黒都市
《パラケノス》
人々の
負の欲望渦巻く
この街の治安を
守ることが
魔法師ギルド
《ネームレス》に
課された
使命であった
パン

ザッ
…ふんっ まさか
こんなに早く追い詰められることになるとはな
グレゴリー・スキャナー
38歳・男
二つ星《ダブル》の貴族であり違法な人身売買に手を染めている
過去に4度の逮捕歴があるが
いずれも多額の裏金で免責されている法で裁くことのできない悪人

俺たち組織に狙われるには十分過ぎる理由を持った人物だ
ドス
ボッ
知っているぞ
お前噂の死運鳥《ナイトホーク》だろう？

立つ鳥
跡を濁《にご》さず
恐ろしく迅く
誰よりも静かに
仕事をこなす
ことから
その呼び名がついた
王室御用達《ロイヤルワレント》の
殺し屋だ
……
死運鳥《ナイトホーク》…
そう
呼ばれるのは
あまり
好きではない
真に優れた
暗殺者は秘密裏に
仕事を遂行する
ものなのだ
通り名がついた時点で
俺は暗殺者として
まだまだ未熟と
いうことだろう

死運鳥《ナイトホーク》が現れたとあっちゃオレの悪運も此処《ここ》までだな
スッ
どれその技で以《もっ》て一思いに殺してくれよ
…とんだ役者だなこの男
この部屋に入った時からずっと違和感があった
組織に追われている貴族にしては周辺の警備が手薄過ぎる
まるで最初からこの部屋の中に誘い出そうとしているような──

ハハハハ！
とでも言うと
思ったか！
くたばれ！
クソ野郎が
あああああ！
…やはり
護衛の人間が
潜んでいたか

付与魔法発動——

《耐性強化》

あぎゃっ!
パ
ふぐっ!
パ
ぐはっ!
パ
人間を殺すのに
派手な魔法は
必要ない
ボッ
9ミリの
鉛玉で
十分だ

…いろいろと思惑があったようだが
シュルッ
カッ
残念だったな
カッ
ハハッ ウソだろ…
カッ
どうして…
カッ
カッ
……ぐッ
カッ

クソおおおおおおおおおお!
バババ
ガシャン
ガシャン
パリ
ハア
ハア
スチャ
!
この程度の罠に引っかかるようでは10年も裏の世界で生きていない

お前
まだガキだったのか……!?
……
…悪かったな まだガキで
パァン

選ばれた血筋の
人間のみが
使える神秘
魔法
持たざる者では
決して扱うことは
できない
だが
『呪われた血』は
例外だ

ダッシュエックス文庫

王立魔法学園の最下生2

～貧困街《スラム》上がりの最強魔法師、貴族だらけの学園で無双する～

柑橘ゆすら

2021年4月28日　第1刷発行

★定価はカバーに表示してあります

発行者　北畠輝幸
発行所　株式会社　集英社
〒101−8050　東京都千代田区一ツ橋2−5−10
03（3230）6229（編集）
03（3230）6393（販売／書店専用）03（3230）6080（読者係）
印刷所　株式会社美松堂／中央精版印刷株式会社

ISBN978-4-08-631418-3 C0193

大好評発売中!
原作 柑橘ゆすら
漫画 長月郁
ヤングジャンプコミックス
週刊ヤングジャンプにて
大好評連載中!
王立魔法学園の最下生
1

超規格外の
完全無双
学園ファンタジー!!
続きはコミックスで!!
コミックス第1巻
王立魔法学園の最下生
～貧困街《スラム》上がりの最強魔法師、貴族だらけの学園で無双する～

魔術師
~虐げられた最強の孤児が
異世界で無双する~
最強の魔術師はいかにして
最強に至ったのか――
ニコニコ漫画
水曜日はまったり
ダッシュエックスコミック
で
大好評連載中!

劣等眼の転生
原作 柑橘ゆすら
漫画 稍日向
キャラクター原案 ミユキルリア
200年前のアベルと
勇者パーティの出会いを描く
スピンオフ前日譚!
1～2巻
大好評
発売中!
vol.1 原作 柑橘ゆすら 漫画 稍日向
劣等眼の転生魔術師
vol.2 原作 柑橘ゆすら 漫画 稍日向
劣等眼の転生魔術師

STORY

生まれ持った眼の色によって能力が決められる世界で、圧倒的な力を持った天才魔術師がいた。

男の名前はアベル。強力すぎる能力ゆえ、仲間たちにすらうとまれたアベルは、理想の世界を求めて、遥か未来に魂を転生させる。

しかし、未来の世界では何故かアベルの持つ至高の目が『劣等眼』と呼ばれ、バカにされるようになっていた！　ボンボン貴族に絡まれ、謂れのない差別を受けるアベル。だが、文明の発達により魔術師の能力が著しく衰えた未来の世界では、アベルの持つ『琥珀眼』は人間の理解を超える超規格外の力を秘めていた！

過去からやってきた最強の英雄は、自由気ままに未来の魔術師たちの常識をぶち壊していく！

異世界で無双する!!
シリーズ累計
30万部
突破!!